わたしの木下杢太郎

岩阪恵子

講談社

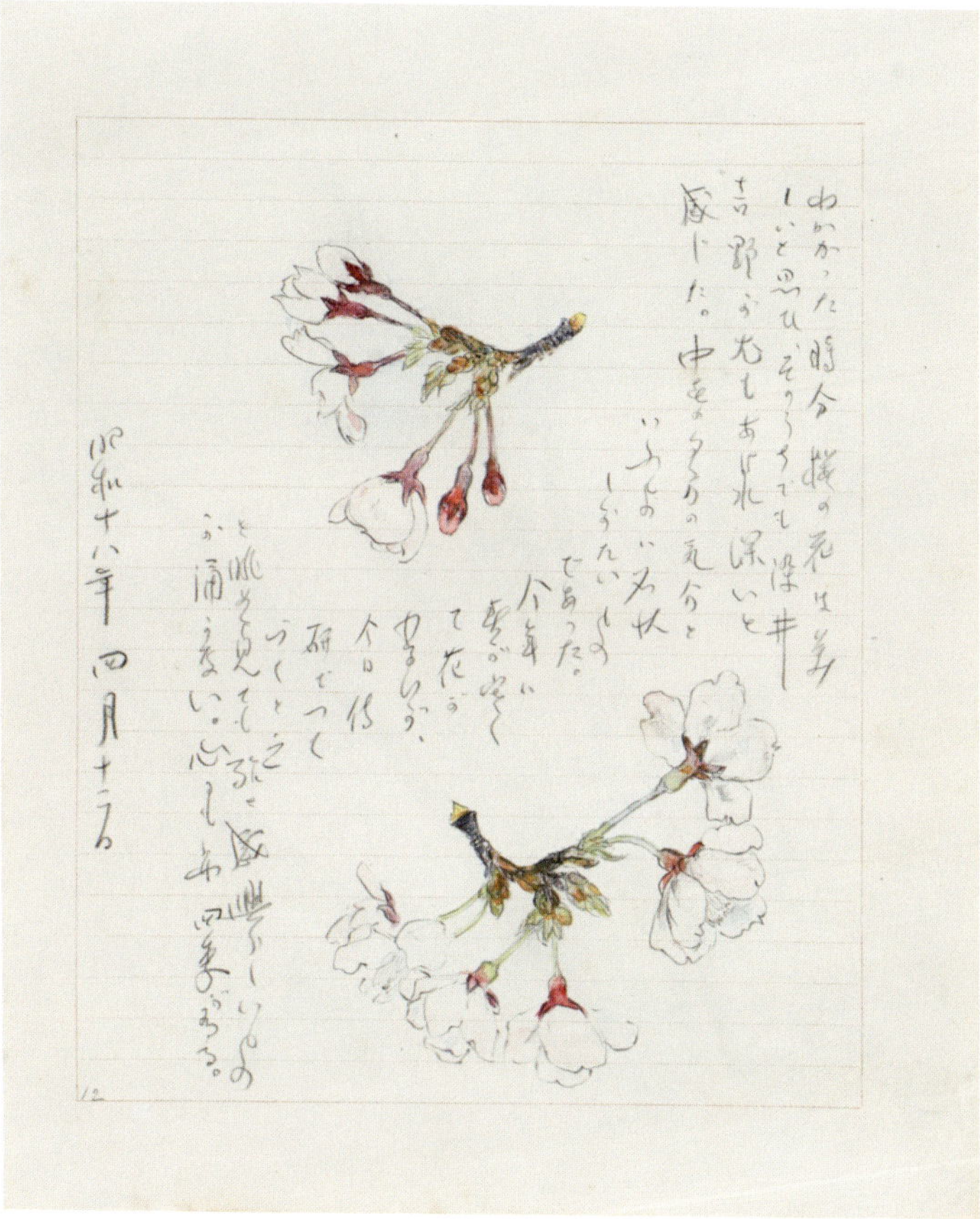

そめいよしの

（昭和 18 年 4 月 12 日）

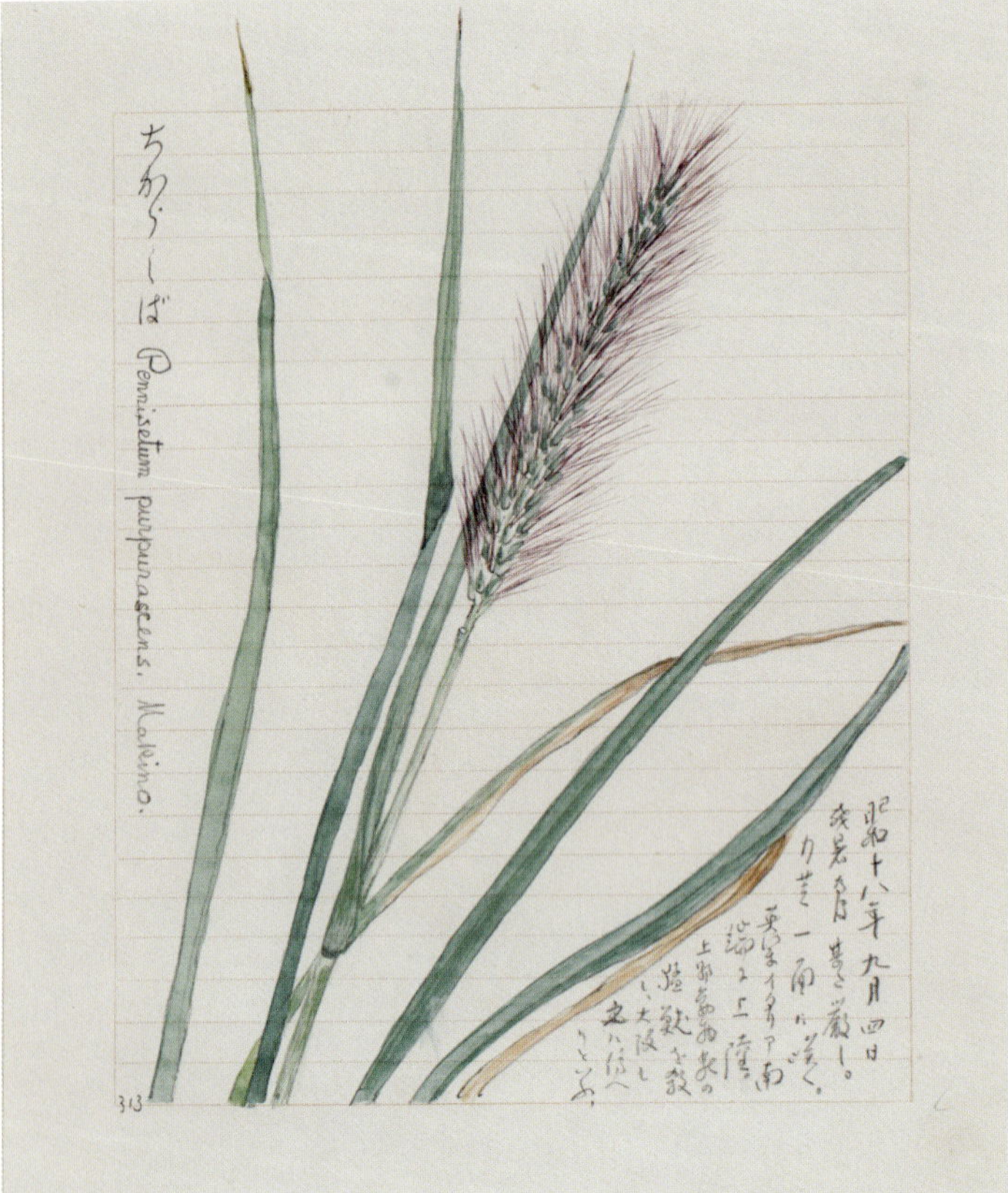

ちからしば

（昭和 18 年 9 月 4 日）

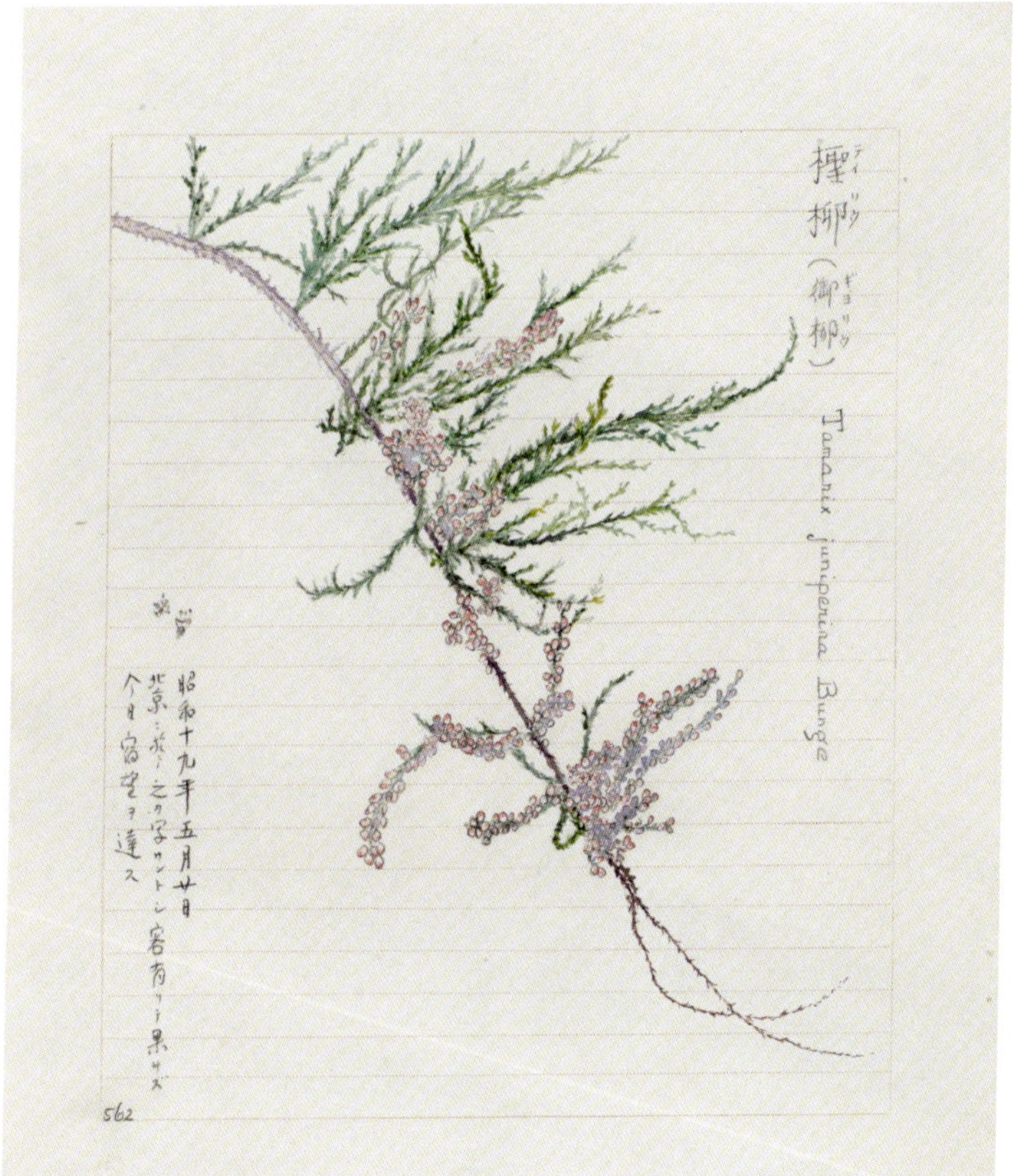

ぎょりゅう

（昭和 19 年 5 月 20 日）

やまゆり

（昭和 20 年 7 月 27 日）

目次

わたしの木下杢太郎

木下杢太郎（南満医学堂時代）

はじめに

木下杢太郎の名を今日どれだけの人が知っているであろうか。耽美派の近代詩人としてだけではなく、本名を太田正雄という、真菌やハンセン病や母斑などの研究ですぐれた仕事をのこした皮膚科学の医学者であることを、どれだけの人が知っているであろうか。彼の書いたものを読んでいる人はどれだけいるだろう。

杢太郎が長逝してすでに七十年が過ぎようとしている。その間彼の研究者たちでさえ、杢太郎の名は時とともに一般の読者から忘れられ、読まれなくなってしまうのではないかという危惧を抱いていた。北原白秋、齋藤茂吉、石川啄木といった彼と交遊のあった同時代の文学者は今日なお広く読まれているというのに。ではなぜ杢太郎は彼らほど人気がないのだろうか。思うに、彼の活発な文学活動はほぼ二十歳から三十歳までのもので、その後の彼の努力は専ら医学を中心としたものに向けられてしまったこと、生涯にわたって随筆や評論は書かれたが、文壇からは離れた存在であったこと、彼の書くものにはその奥に白秋、茂吉、啄木に劣らぬ抒情性があるが、それが知的に抑制されているため読者がたやすく入りこめずとりつきにくく感じること、医学以外の彼の興味が広汎にわたっており、それらに附き合うのがなかなか困難なことなどが挙げられるだろう。また一般的に言って破滅型や無頼派の文学者は人気がありがちだが、杢太郎のように大学の教授として破綻もなく一生を終えた人物は面白味に欠けると受けとられやすいのだろう。ほかにもいろいろな理由が考えられようが、それらが相乗しあってよけいに彼を敬遠させる結果になってしまっているのかもしれない。

わたしにとっても木下杢太郎の名は、何年か前まではなんら特別なものではなかった。近代詩のアンソロジーには必ずといっていいほど彼の若いころの作品が選ばれているが、それを読んでみようという気も起こさなかった。

特別なものではなかった木下杢太郎という名がわたしにとって特別なものとなったのには、中野重治に啓蒙されたところが大きい。ほかの作家にたいするものと較べ、とくに発言の量が多いというわけではないのだが、杢太郎への敬愛がおのずと滲み出ている中野氏の言葉の力が、ぽんとわたしの背中を押してくれた、そんな気がしている。発言のなかで杢太郎の全体像に迫ってまとまっているのは、一九五四年十一月二十四日に伊東市で開催された「杢太郎祭」における講演記録だろう。「木下杢太郎の人と芸術」と題された講演には、杢太郎についてなにか物を言うなら作品についてよりもその人について語りたくなるという中野氏の思いのとおり、仕事と切り離せない人間性について興味をそそられるいくつもの指摘があった。

木下杢太郎の仕事は、医学、文学どちらにおいてもあまりぱっとしない方面のことが多い。しかもすぐに答が出る、成果があらわれるといった仕事をして世に認められる、そういう道を行くことを潔しとしなかった人である。人の目につかないところでこつこつと地味な仕事や研究をしたから、生涯金や名声とは無縁だった。そんなふうに述べながら中野氏は杢太郎について「質実な」という言葉をくり返し用いている。まずはこのような指摘がわたしを杢太郎のほうへ振り向かせたのだといえる。

さらに中野重治の話でわたしを面白がらせたのは、杢太郎の表現の性質とでもいうべきものに触れた部分である。これは先に記した指摘とも関係があり、本人の稟性《ひんせい》にもかかわるものと言えるだろう。たとえば十ほどのことを言うのに十二にも十三にもして言う人が多いなかで、そしてそれを世間がもてはやしがちななかで、彼はあえて七つか七つ半で止めておく、そんな物の言いかた、書きかたをする。十のことは十で言えればいちばん良いがとしながらも、杢太郎のやり方は好ましいという。広く易く理解されるのを拒むようなやり方かもしれないが、はったりもごまかしもない杢太郎の文章がもっと人々に読まれてほしいという。

文章にかんしても中野氏は、鷗外より杢太郎に習うべきだと主張する。鷗外はすぐれて立派な文章を書いたが、それを手本とするとわれわれはまず失敗する。鷗外に較べて杢太郎の文章は柔軟で親しみやすく、弱いもの名もないものの生活にも心を留めて書かれており、手本とするに良いという。ずっと鷗外の文章を手本にと考えていたわたしは自分の浅はかさを思い知らされた気がした。

中野重治の語るところはいちいちわたしを瞠目させずにおかなかったが、なかでとどめを刺されたと思ったのは次のような指摘である。木下杢太郎は学問に真面目な情熱を傾ける人であったが、また美しいものにたいして人一倍鋭敏な感受性を有し、美のためには何もかも捨ててかまわぬと思うような人だったとあるところだ。科学の研究と美への惑溺という一見同居しがたいようにみえるこの二つが彼のなかにどのように棲んでいたのだろうか、わたしはそれを知りたいと思った。

まずわたしがしたのは、家の本棚のなかに木下杢太郎を探し出すことであった。そして一冊の詩のアンソロジーを見つけた。『日本詩人全集13』（新潮社）には日夏耿之介、山村暮鳥そして杢太郎の三人の作品が収録されており、杢太郎については河盛好蔵によって編集・解説がなされ、『木下杢太郎詩集』から主な作品と、詩集『食後の唄』の自序をふくむ散文三篇が選ばれていた。これが彼の作品との最初の出会いとなった。

一般に杢太郎の詩で評価が高いのは、彼の文学活動のもっとも盛んだった二十代のころに書かれた、重々しい青春の悩みと燦爛《さんらん》がみられる技巧的な作品群や、また粋で洗練されたなかに淡く濃く憂いの感じられる全体に美しい古更紗のような趣きのある作品群だろう。これらは前者を「緑金暮春調」を中心とした作品に、後者を詩集『食後の唄』に見ることができる。しかし初めて読んだわたしが惹かれたのはそれらのどちらでもなく、注目されることのずっと少い四十代初めのころに書かれた小詩集「奥の都」であった。「奥の都」は、用語も対象となっている世界も詩人の日常の生活や思いから浮きあがったものではなかったから、言葉のひとつひとつがわたしの心音とほぼ同じ強さ、同じ間隔で胸に響いてきた。そのうえ思いどおりにいかぬ外の世界の縁に立ち停って、詩人はいかにも頼りない自分をそっと揶揄することもしていた。それが言葉の彩りに映えてさびしくも魅惑的な絵になっていた。わたしはその絵を自身の孤独、怯弱さに重ね合わせてみることができたのである。

「奥の都」は大正十五（一九二六）年から昭和三（一九二八）年にかけて書かれ、三部から成っている。一部は〈奥の都〉と題され、留学先のパリから帰国し愛知医科大学に二年働いたあと、東北帝国大学医学部に赴任してきた直後の俳句が四句並べられている。ちなみに奥の都とは仙台を指す。「奥の都」全体にどこか病み上がりのような心もとなさが漂っているのは、仙台へ来る半年前にすぐ上の兄圓三の自裁に会っていたこと、また同じ時期自身のこじれた虫垂炎の手術と入院ということがあったせいだろう。二部は〈草堂四季〉と題され昭和二年と三年の短詩群、三部は（窗前初夏）と題され九つの短詩で構成されている。二部と三部もきわめて俳諧にちかい印象を読むものに与える。五音七音の語句が多用され、次の行への一種飛躍のある軽やかな繋がりがよりそう思わせるのだろう。（草堂四季）から一部引用してみよう。

あさごけのほそぼそと、わが庭《には》も夏《なつ》に入《い》りけり。

丸蜂《まるばち》のふと飛《と》びこみ、おや夏《なつ》だ、さすがにと、しばし眺《なが》めた。

ほろほろと散《ち》る桐《きり》。かくかうと鳴《な》く鳥《とり》。ちと明《あか》る雨雲《あまぐも》。ほんに日《ひ》も晩《ばん》ずる。
ON《おん》 EST《ね》 TRÈS《とれ》 TRISTE《とりすと》。

虫買《むしか》つて檜《ひ》の枝《えだ》につるす。夜《よ》ふけても鳴《な》かむ虫《むし》、馬《うま》おひ。

秋雨《あきさめ》や、障子《しやうじ》をあけて、衰《おとろ》ふるものの明《あか》るき。

ふと湯殿《ゆどの》の窓《まど》より見《み》つけたるはプラチナいろの瓦《かはら》なりけり。秋雨暮《あきさめく》れがたすこし明《あかる》く、垣《かき》のそとのどよめき。

遠波《とほなみ》の如《ごと》くにも奥歯《おくば》いたむ。雨息《あめや》みて落葉《おちば》あかるく。と見《み》から見栗鼠《みりす》走《はし》りゆく。痛《いたみ》かすかにして。

いつの間《ま》にか啼《な》かなくなつた。あれほどのこほろぎ。

次に（窗前初夏）から全部を写してみよう。

＊

あんな処《ところ》に黄《き》けまん、あとで好《よ》く見《み》てやらう。そのうちに長雨《ながあめ》、こんど見《み》れば花《はな》は無《な》かつた。

＊

年年《としどし》に山牛蒡《やまごばう》、裏《うら》のひあはひに咲《さ》いた。今年《ことし》もかと、下駄《げた》をつつかけ、行《ゆ》き看《み》るに、腕《うで》を張《は》り、葉《は》を繁《しげ》らし、しほらしい花著《はなつ》けてゐた。

＊

牡丹《ぼたん》のあとに芍薬《しやくやく》、つつじまた射干《ひあふぎ》、空《そら》はれて丸蜂《まるばち》飛《と》ぶ。今朝《けさ》庭《には》に下《お》り立《た》ち、鬢《びん》白《しろ》く、悲哀《かなしび》有《あ》り。

＊

「失敬《しつけい》、泡《あわ》を吹《ふ》いて隠《かく》れるよ。」「僕《ぼく》の繭《まゆ》ももう済《す》んだよ。」小《ち》さ《ひ》い会話《くわいわ》も絶《た》えはてて、逢魔《あふま》が時《とき》とぞなりにける。

＊

つと檜《ひ》の枝《えだ》に下《お》り飛《と》ぶ鳥《とり》、よく看《み》れば雀《すずめ》であつた。

＊

はてな、瓶《かめ》にさして何《なに》になる。此花《このはな》は折《を》るまい。

＊

紅《べに》の苗《なへ》を植《う》ゑてしまうと、折好《をりよ》くも小雨《こさめ》が来《き》た、どんな花《はな》を咲《さ》かす積《つも》りか、ひよろひよろと細《ほそ》い茎《くき》だな。

＊

紙透《かみす》きて蟻《あり》のはふ見《み》ゆ。との面《も》には草明《くさあか》るらし。わが室《むろ》は障子《さうじ》たてこめ。

＊

六月《ろくぐわつ》の雨《あめ》の日《ひ》に手《て》をかざす小《ち》さき埋火《うづみび》。その手《て》引《ひ》き難《がた》し。古《ふる》き日《ひ》の追憶《おもひ》ほどに。

庭の草木、昆虫や鳥といったものに一歩近寄っては立ち停り、続けてさらに踏み込むことを怖れる。そうして自分の心になにごとかを問う。しかし目はいつか自然のなかにある気配、微かな動きを追っている。その声、その音を捉えようと耳をそばだてている。まるで病み上がりの人間がゆっくりと足を踏みしめて歩き始めるように、詩人は外の世界に自分を、自分の赤剝けになった裸の心を馴らしていこうとしているかのようだ。兄の突然の自裁は彼の心身を痛ましめ、彼の生そのものをも揺さぶるようであった。「奥の都」と同じころに書かれた次のような詩が随筆「柴扉春秋」のなかに見える。

ああ蚊が静かに止つてゐる、障子の紙に。
電燈が陰を落す。陰は動かぬ。
命は短いと考へてゐるのか、お前は果して。
それとも少し長過ぎると思つてるのではないか。

ここには次兄の死がいっそう濃く影を落としている。兄の死は仕事上でたてられた悪意ある噂が原因のひとつだったと言われているが、杢太郎の夢には兄が現われ、日記には自身の死への傾斜がしばしば書き留められる。もともとの資質もあるだろうが、彼の悲哀、気鬱は昭和四年ごろまで断続的にみられる。

そうはいっても仙台へ移った杢太郎は、名古屋にいたときよりもよほど友人にもまた自然にも恵まれた静かな環境のなかで研究、執筆に打ち込めているのである。ことに阿部次郎、小宮豊隆、土居光知らとの俳諧連歌の研究会にはほとんど欠かさず出席している。そもそも俳諧は、彼が名古屋で虫垂炎を患っていたときに国文学の石田元季について学び、俳人小酒井不木と三人で歌仙を巻いたりしたのが始まりである。「奥の都」が俳諧風なのは、日常的にこの短詩の形に親しんでいたためだろう。仙台に着いてまもなくの随筆には、「詩もやめたわけではない。ちか頃発句を四十ばかり作つて、向後自分のうちに好発展をするか否かを観察してゐる」とあって、その好発展のひとつが「奥の都」であった可能性もある。ただこのあと「余燼集」として八篇の詩が、「余燼詩稿」として五篇の詩が著者によって単行本に収録されているけれども、仙台以降は詩よりも随筆や評論など散文のほうが味わい深く豊かなものになっているのはたしかだ。

俳諧のほかには、仙台に来てから始めるようになった水墨画を児島喜久雄、勝本正晃、熊谷岱蔵らとともに楽しんでいる。絵については、杢太郎は獨逸学協会中学にいた十代半ばのころから画家になりたいと願うほど好きであった。これはもう生まれついてのもので、文句なしに好きだったのだ、とわたしには想像できる。彼はすぐれて耳のよい人だったが、目はもっとよかったのではないか。自分では視覚型の人間と書いており、同じく視覚型のわたしにはそれがわかる気がする。彼はふつう見過ごされてしまうような自然のちょっとした表情も見逃さない。その表情の持つ美しさを視線で掬いあげ、愛撫することができる。しかも言葉にあらわせば、一枚の絵にもなる。わたしにとって彼が言葉で描くその絵の美しさは特筆すべきものであった。仙台において杢太郎は画友の数人と多賀城の牡丹を描くのを好んだそうだが、牡丹の、花ではなく木の一部をたとえば次のような絵に仕上げている。

> （前略）庭の牡丹の葉が雞の跖《あし》ほどになり、その蕾が耳朶《みみたぶ》ぐらゐに高まつて来てゐる。殊に長い葉柄の暗紅色が美しい。画かきは画いても、詩人は恐らくこの趣をうたつては居まい。魏紫姚黄と云ふが、それは花の色である。薑《はじかみ》を詠ずるの古詩に「新芽肌理膩、映日浄如空、恰似匀粧指、柔尖帯淡紅」と云ふがあつて頗る愛誦に堪ふるが、移して以て牡丹の葉、茎に譬へて不可なるを看ない。

随筆「春径独語」のなかにみられるこの文章には、続いて彼が牡丹の葉柄の「新紅の姿色」に抗しきれず西の内一枚に写し取ったと記されているが、引用した文章の美しさはその絵に並ぶのではなかろうか。

牡丹をはじめさまざまな植物が「奥の都」には登場し、植物にたいする彼の偏愛をうかがわせる。やがてそれが晩年に作られる『百花譜』へと結実していくのだと見てよいだろう。『百花譜』に収められた八百七十二枚に及ぶ植物図譜は、科学者であり、詩人であり、美しいものをこそ溺れるように愛した杢太郎の終生の大作である。作品をとおし木下杢太郎を知るにつれ、このまま彼とその作品が忘れ去られてしまうのは惜しい、とわたしはつよく思うようになった。古くさい、時代遅れ、そう言われても仕方のないところがあるのは否定しない。しかし日本の近代という時代をこのように真面目にひたむきに生きたひとりの先達がいたことを、わたしは伝えたいと思う。

杢太郎は、あのすぐれた「森鷗外」を書くにあたって鷗外の生活の時期を七つに分け、「作家をして自ら語らし」めようとした。わたしもここでいくらか彼を真似て、杢太郎の生活の時期を便宜上五つに分かち、それに沿って彼の全体に迫ってみたいと思う。

一、出生、少青年時代（明治十八（一八八五）年の出生より三十九（一九〇六）年二十一歳に至る、第一高等学校卒業の時まで）

二、東京帝国大学医科大学・皮膚科学教室時代（明治三十九（一九〇六）年二十一歳より大正

五（一九一六）年三十一歳に至るまで）
三、南満医学堂及び欧米留学の時代（大正五（一九一六）年三十一歳より十三（一九二四）年三十九歳に至る、帰国の時まで）
四、名古屋・仙台時代（大正十三（一九二四）年三十九歳より昭和十二（一九三七）年五十二歳に至る、東北帝国大学を辞職する時まで）
五、東京帝国大学時代（昭和十二（一九三七）年五十二歳から二十（一九四五）年六十歳易簀《えきさく》の日まで）

一　出生、少青年時代

太田正雄（木下杢太郎）は明治十八（一八八五）年八月一日、静岡県賀茂郡湯川村（現・伊東市湯川）に、太田惣五郎、いと夫婦の末子として生まれた。姉が四人、兄が二人あり、長姉とは二十一年齢が離れていた。家は「米惣」という屋号を持ち、惣五郎は二代目で、太物、雑貨などの卸売業を営んでおり裕福であった。伊東には港がひらけ、東京の霊岸島から船が直接行き来していたこともあり、江戸（東京）の風俗や知識が流入しやすく、太田家は商家でありながら教養主義的な面も持っていた。杢太郎が折りにふれ記しているように、家には「窮理問答」や「学問のすゝめ」などとともに「当世女房気質」や「北雪美談」があり、兄がトルストイの翻訳小説を母に読んでやったりする一方で、役者絵や清親の浮世絵にも親しむという、古いものと新しいものどちらをも積極的にとり入れてきていた。代々そのような家風があったせいだろう、姉の二人は東京へ出て巌本善治の女学校で学び、植村正久の弟子となった。また秀才だった次兄圓三はのちに一高・東大を卒業したあと鉄道省に入っている。

正雄が二歳のとき母が病気になったので（彼は母が四十二歳のときの子供だった）、以後長姉よしと入り婿である義兄惣兵衛を母、父と呼んで育つことになる。三歳のときに実父が腎臓病で亡くなると、義兄惣兵衛が「米惣」の跡を継いだ。十八歳のときに実母が亡くなるまで、彼は実母を「老いたる母」、姉よしを「母」と呼んで区別している。こうした父母とのあいだ柄が幼かった正雄にどんな影響を与えたかについては、判断するための材料が余りに乏しい。実際には義兄、姉にあたる父母からたいへん可愛がられたというのは間違いないだろう。ただ実母にたいするように無条件に甘えられたかどうか、彼はなにも書いていないからわからない。義兄についてはその行き届いた親切をときどき申し訳なく思っていたような記述がある。十九歳のときの日記には「わが在郷中最も心苦しきは、人のわれを扱ふに幼児の如くするにあり」と記されている。

伊東という土地について「海郷風物記」には次のような記述がある。

自然でさへも軽佻である。一日の内に海や空が幾度色を変へるか知れはしない。遠く、水平線上に相模の大山の一帯が浮んで居る。予の見たのは夕方であつた。緑の水の上の、入日を受けた大山の影絵《シルエット》は真に一個の乾闥婆城《ファタア・モルガアナ》であつた。

――かうして波は厭かず、やさしいいたづらを続ける。で、その引いてゆく波の一すぢ、泡の一つ一つにまで、折しも西山に近いたる夕日の影が斜めに当つて、かくてシャボン玉《だま》の色のやうな美しい夢の模様を現はすのである。

これから温泉である。あの硫化水素の臭ひと温い液体の軽い圧力とは兎に角気持がよい。人間をのらくら者にさせる丈の力は十分ある。今日、日没の少し前、街道を歩いて温泉の一廓に出たらまた忽ちこの臭ひに襲はれたのであつた。

伊東は、いまは温泉の町として伊豆の観光地のひとつになっている。山がすぐ後ろに迫り前に海が開けた港町で、湯の湧き出るところと干物を売る店が多くある。山側の民家には庭にみかんの木がふつうに植えられ、鮮やかな黄の稔りをたわわにつけているのが印象的だ。伊東の景色は冬がいい、と杢太郎が書いていたので、わたしが訪ねたのは一月の天気はよいが寒い日であった。生っていたみかんは野球のボールより一回り大きかったから、夏みかんであったろうか。港まですぐのところにあるもと「米惣」といった生家は保存され、伊東市の管理する木下杢太郎記念館となって、建物のなかや展示されてある資料を見学することができる。また山側にある松月院という太田家の檀家寺の境内からは海と町の一部が見下ろせ、帰郷のたびに杢太郎がこの寺の境内へ登ったというのが納得できる気がした。すでに杢太郎四十二歳のときの随筆「中隠日記」

のなかに、「生れ故郷の海村でも、まるで他人のやうな服装になつて、他人のやうな顔付をしてゐる」とあるから町はさらに変貌を遂げてきたはずである。そのなかでも打ち寄せる波と海の彼方の景色だけは彼が眺めたものとそれほど違わなかったろう。わたしは温泉には入らなかったが、日没ちかくまで海辺に腰をおろし波の音に耳を傾けた。その音は彼が詩のなかで記していたように Zabr'n《ざぶるん》, ara《あら》 zabr'n《ざぶるん》 zan《ざん》……というふうにも聴けば聴こえた。

小学校時代、正雄は学校へ行くのが好きではなかったと言っている。気難しく、扱いにくい子供であったのは確かなようだ。家族は将来家の後継ぎにさせることも考えていたらしいが、キリスト教主義の女子教育を受けた姉たちや文学好きな兄たちの影響もあって、彼は東京で勉強したいと願っていた。そして伊東尋常高等小学校第三学年終了後、東京神田の獨逸学協会中学に入学した。初めの一年間は本郷西片町の齋藤家に嫁いでいた三姉たけの家から通学した。翌年には白山御殿町に太田家の住宅が建ったため、次兄圓三とともに移り住む。中学では歴史を津田左右吉に学んだ。学友に長田秀雄、石津寛、山崎春雄らがおり、蒟蒻版雑誌「渓流」を出したりした。この頃絵画に目覚めている。

明治三十六（一九〇三）年、第一高等学校第三部に入学。岩元禎にドイツ語を、夏目金之助に英語を習う。寮生活を嫌った正雄は入寮せず、ずっと自宅から通った。また絵が好きだった彼は、水彩画家の三宅克己を引っぱってきて一高画学会を作ったりした。ほぼ同年代でやはり三宅氏に絵の指導を受けていた児島喜久雄は当時の太田正雄に初めて会ったときのことを、「其時の太田君は……粗い紺飛白に小倉の袴を穿いて居た。大きな口を半分許り開けて気持よく笑ふ時太い真白な歯がズラリと並んで見えるのが特に印象に残つた」（「太田君の雑然たる思ひ出」『文芸』昭和二十年十二月号）と記している。

獨協中学といい一高の第三部（医科）といい、東京で勉学させるというのは、家族は初めから正雄を医者にさせるつもりだったのである。中学から高校へ進学するとき、彼は美術学校へ行って画家になりたいと望んだが、家族から反対された。高校から大学進学に際してはドイツ文学を専攻したいと希望したが、仕送りを中止すると言ってやはり猛反対された。煩悶のすえ、彼は結局医学修業の道へ進むのだが、十数年後「人に」と題された文章のなかで次のように書いている。

職業の選択と、配偶の選択と、此両つのものは青年の自己の権利であり且責務である。之を自力で行はない場合には、社会の真正の道徳は成立することが出来ない。人間は商品ではない。自己の要求でない、社会の需要のありさうな職業に有りついて、以て顧客を待つが如きは、自らをProstituée（娼婦・引用者註）と為すものである。

これを書いたとき正雄は三十三歳、次姉きんが後添いとなった河合浩蔵の前妻の一人娘にあたる正子を妻としていたが、その結婚は姉夫婦のかなり強引な勧めに応じたものであった。職業の自由と結婚の自由、この二つに自分の意志を貫かなかったことの悔いをこのとき彼は吐露せざるをえなかったということだろうか。

正雄が自分のやりたいようにやれなかったのには、ひとつに彼の性格によるものもあろう。すでにこれまで伊東の家から受けてきた経済的、物質的援助の大きさを考えたとき、医者にという家族の期待を裏切るのは難しかったと思われる（もしかしたらそこに父母といっても実の父母ではないことがいくらかの遠慮として彼にはあったかもしれない）。また岳父となった河合浩蔵は建築家で、正雄とはたいへん気が合い、芸術にもすぐれた才能を示す若い彼を可愛がっていたという事情もある。それらもろもろの事情をないがしろにできなかったのも事実だろう。一高のときの日記に、周囲の年長者の意に背いてまで我を通せない自分の性質を嘆く記述が見られる。加えて彼は実家からの仕送りで不自由なく学生生活を送っていてこれまで生活苦を経験したことがなかったから、ひとり美術や文学だけで生計を立てていく自信もなかったのだと考えられる。

二　東京帝国大学医科大学・皮膚科学教室時代

明治三十九（一九〇六）年、東京帝国大学医科大学に入学した正雄は、翌年には友人長田秀雄の紹介で与謝野寛の新詩社同人となり、「明星」などに作品を発表しはじめる。すでに彼は十代の半ばから書き溜めていた文集に「地下一尺集」の名をつけており、密かに創作を続けていた。四十年八月、与謝野寛、北原白秋、吉井勇、平野万里とともに九州に旅行。旅立つ前にキリシタン史の文献にあたっていた正雄は、旅行後南蛮詩を書きはじめる。旅行中にほかの詩人たちの詩の作り方というものを傍で学んだおかげで、あんがい簡単に作詩ができるようになったと言っている。このころ森鷗外の面識を得る。四十一年一月、白秋、勇、長田兄弟らと新詩社を脱退し、「中央公論」や「方寸」などに寄稿を始める。「方寸」は石井柏亭、森田恒友、山本鼎の三人の青年洋画家による同人雑誌として創刊され、美術のほかにも詩、小説、随想なども載せた。当時の詩壇ではフランスのパルナッシアンや象徴主義、洋画では印象主義及び後期印象主義、小説では自然主義とならんで徳川文化にたいする回顧の傾向がみられた。十月には平野万里に誘われ初めて鷗外邸の観潮楼歌会に出席。このとき石川啄木と会う。十二月には新詩社脱退組と「方寸」のメンバーとで「パンの会」が催される。「パンの会」は結社ではなく、文学における自由主義を標榜、「芸術のための芸術」の思想をかかげる人達が江戸情調的異国情調を味わうため、隅田川の橋畔にある西洋料理屋などに集まったものである。フリッツ・ルンプ、伊上凡骨、田中松太郎、和辻哲郎、高村光太郎、荻原守衛、藤島武二、上田敏、与謝野寛、永井荷風、谷崎潤一郎らも顔を出した。会には酒を飲む人が多くしだいに単なる遊興の会となってしまったが、それでも四十四年ごろまで続いた、と杢太郎は記している。「パンの会」のパンはギリシア神話の半獣神からとられたもので、名づけ親は正雄であった。当時の雰囲気を象徴するような杢太郎の詩を引いてみよう。

金粉酒

EAU-DE-VIE DE DANTZICK《オオドキイドダンチック》
黄金《こがね》浮《う》く酒《さけ》、
おお五月《ごぐわつ》、五月《ごぐわつ》、小酒盞《リケエルグラス》、
わが酒舗《バア》の彩色玻璃《ステエンドグラス》、

街《まち》にふる雨《あめ》の紫《むらさき》。

をんなよ、酒舗《バア》の女《をんな》、
そなたはもうセルを著《き》たのか、
その薄《うす》い藍《あゐ》の縞《しま》を？
まつ白《しろ》な牡丹《ぼたん》の花《はな》、
触《さは》るな、粉《こ》が散《ち》る、匂《にほ》ひが散《ち》るぞ。

おお五月《ごぐわつ》、五月《ごぐわつ》、そなたの声《こゑ》は
あまい桐《きり》の花《はな》の下《した》の竪笛《フリウト》の音色《ねいろ》、
若《わか》い黒猫《くろねこ》の毛《け》のやはらかさ、
おれの心《こころ》を熔《と》かす日本《につぽん》の三味線《しやみせん》。
EAU-DE-VIE DE DANTZICK《オオドキイドダンチツク》
五月《ごぐわつ》だもの、五月《ごぐわつ》だもの——

（Amerikaya-Bar に於て）

五月は杢太郎が一年でいちばん好きな月であり、季節であった。その五月をうたった作品は多く、「金粉酒」もそのひとつである。あたかも紫に染まってしまったかのようなしめやかな空気が満ちる五月の宵そのものに、詩人の若々しさが充ちている。そんな宵にグラスを傾けると、ダンチック産の火酒が喉を灼くというのである。eau-de-vie は火酒、Dantzick は Dantzig つまりポーランドの都 Gdansk のことでブランデーの産地だと、杢太郎の弟子の澤柳大五郎は記している。最終行の「五月だもの」が繰り返されるところで情調は頂点に達する。

明治四十一年十一月、「明星」が百号で廃刊したあと、すでに新詩社を脱退していた人々と残っていた人々とで翌年一月、新たな耽美派の文芸雑誌が創刊された。それが「スバル」である。この誌名は鷗外の勧めによるものという。出資者は平出修、発行名義人は石川啄木、編集は平野万里、啄木、杢太郎、吉井勇、栗山茂、平出修らが担当した。外部執筆者、内部執筆者ともに錚々たるメンバーの名が挙がっているが、雑誌の主たる柱として鷗外の居たことが誌面にも反映されているという。前年の四月に上京していた啄木は、「スバル」を通して同人と急速に親しくなった。その当時の啄木の日記には同人たちにたいする彼特有の鋭い人物評が綴られている。正雄について書かれたところをいくつか抜き書きしてみよう。

太田君の性格は、予と全く反対だと言ふことが出来ると思ふ。そして、此、矛盾に満ちた、常に放たれむとして放たれかねてゐる人の、深い煩悶と苦痛と不安とは、予をして深い興味を覚えしめた。――少くとも、今迄の予の友人中に類のなかつた人間だ。大きくなくて、偉い人――若しかういふ人間がありうるとすれば、それは太田君の如きも其一人であらう。――少くとも予にとつては最も興味ある人間だ。（四十一年十一月五日）

太田君は、予が告白するに最も邪魔になるのは家族だと言つたのを、それはホンノ少しだと言つた。これは太田君がまだ実際といふものに触れてないためだ。同君の煩悶は心内の戦ひで、まだ実生活と深く関係してない！（同年十一月二十日）

北原君へ行かうかと思つてるところへ、太田君が来た、そして個人といふことについて語つた、調和といふことについて語つた、その議論は大分切迫つまつてゐた、そして、太田君を予は今咀嚼しつゝある！（四十二年二月五日）

珍らしく太田正雄君から手紙が来た。太田は色々の事を言つてゐる。然し彼は、結局頭の中心に超人といふ守本尊を飾つてゐる男である。（四十四年一月二十一日）

日記からは、正雄に限らず「スバル」のほかの仲間についても啄木はかなりのスピードでそれらの人物の才能なり能力なりを見極めようとしているかにみえる。知りはじめたころは褒めちぎっていた相手についても、そのうち弱点、欠点が見え出してこんなものかと思うとさっさと離れていく。当時文学を志していた東京の青年のなかで啄木ほど生活の苦労を嘗めてきたものはいなかったから、正雄だけが例外ではなかったのだが、啄木は正雄の洗練された知性に魅力は感じても、実生活の苦労を全く知らないということについては致命的なことに思われたのだろう。自分たちの現実の生活がどのようにもたらされたものであるか、そして今どんなところに立っているかを知らなければ、今後自分たちはいかに進むべきかを決めることはできないと啄木は考えていたからであった。明治四十三年の大逆事件は当時の文学者に大きな衝撃を与えたが、それを精確に作品に反映させたひとりが啄木だったろう。書かれたのが「時代閉塞の現状」である。木下杢太郎の戯曲『和泉屋染物店』も事件に影響されて書かれたのは間違いないが、社会矛盾や国家についてどの程度深く彼が考えていたかというと、疑問の残るところだろう。

啄木の日記に戻れば、周囲の人物にたいする彼の眼光の鋭さとある程度的を射た記述は、この日記に特異な生彩を与えているといえる。そして日記からの連関で思うのは、世の中に大きく広く受け入れられ読まれるためには、いかに現実の泥にまみれているかがひとつの大きな要素としてある、ということだ。これは啄木の作品と杢太郎の作品がそれぞれどのように世の中に受け入れられたかということに繋ってくる。

四十一年の薬物学試験のとき、正雄は日を間違えて受けられず、慌てた彼は追試を受けるための交渉を森鷗外に依頼することとなった。鷗外は早速動いてくれたがそのためかえって交渉はこじれ、原級に留まらざるをえなくなった。しかしそれを利用し、正雄は暁星学園でフランス語の勉強を始めたり、さらに活発に文学活動をおこなったりしている。

四十二年秋、白秋、秀雄とともに詩を中心とした文芸雑誌「屋上庭園」を創刊。黒田清輝の画を表紙に用いた瀟洒な本で、永井荷風、蒲原有明らが寄稿した。が、翌年二号に載せた白秋の詩「おかる勘平」が風俗壊乱とみなされて発売禁止になり、この号で廃刊した。四十三年は、「白樺」、「第二次新思潮」、「三田文学」などが創刊された年でもある。

正雄がもっぱら木下杢太郎のペンネームを使うのは「スバル」のころからである。このペンネームは中学時代に始まるもので、ほかにも竹下數太郎、きしのあかしや、堀花村、北村清六といった名が使われた。のちに書かれた「桐下亭随筆」という文章には杢太郎の名のいわれが自ら語られているが、この「桐下亭」とは彼の俳号であり、また絵を描くときには別に「葱南」の雅号が用いられている。

自作の詩に「杢太郎」といふものがあつた。一農夫のむすこである。畠を耕《たがや》して、一日累々として果実を著けたる蜜柑樹《みかんじゆ》の美しさに感動し、その根原の不思議を尋ねむが為めに地下一尺の処を掘るといふのが序篇の筋であつた。即ち「樹下に瞑想或は感嘆する農夫の子」の意味である。この児童がひそかに渓谷の小村を出で、山を越へて海に連る他世界を看にゆくなどといふのが後の筋であつた。

予が始めて雑誌「明星《みやうじやう》」（前期のもの）に短篇を載した頃は雅号を忌《い》む風があつて、予も亦本名《ほんめう》を用ゐた。いかにせむ父兄の圧迫があるので予は此風を廃《や》めた。又予の本名の字劃の排列が予の趣味に適してもゐなかつたのである。爾来木下杢太郎の五字を用ゐ甚だ此名を愛するが、その杢字の出所の古典的でないことをあきたらず思ふことが時々ある。

杢の字の出所が古典的でないとは、それが日本で作り出された国字という意味である。古典を尊重する彼としてはたしかに物足りなかっただろう。が、元来泥臭いイメージで使われる杢の字をハイカラで美しいものが好きな彼がわざわざペンネームに選んだというところに、中野重治は注目し、「この人のハイカラがひととおりのものではなかつた」とみるのである。ただ杢の字は木工、大工の意味を持つ。木を用いてなにかを作る人ということからいえば、木（植物）が好きな正雄に似合わなくもない。彼は友人から「杢さん」と呼ばれるのを好んだという。

父兄の圧迫があるので本名ではなくペンネームを用いるようになったとあるのは、医学の勉強を疎かにしているのではないかと危ぶむ家族の厳しい監視を指すだろう。たしかに大学及び皮膚科学教室の時代の十年間に、彼は、詩、小説、戯曲、文芸時評、美術批評において目覚ましい活躍をしている。家族がはらはらするのも無理はないと思われるほどに。

詩では明治四十年のいわゆる南蛮詩と称される「天草組」に始まって「秋風抄」、四十一年の「緑金暮春調」、四十二年の「街頭風景」、四十三年の「曲中人物」「異国情調」「食後の歌」「竹枝」「町の小唄」、四十四年の「浴泉歌」「苦患即美」「生の歓喜」「訳詩二篇」、四十五年の「鄭沢集」「五月朔日」、大正二年の「夢幻山水」「抒情小吟」、大正四年の「斜街時調」に含まれる百数十の詩篇が「明星」「スバル」「屋上庭園」「三田文学」「朱欒」などに発表された。彼の詩の評価については二通りあるようだ。日夏耿之介は『明治大正詩史』のなかで次のように言っている。

「食後の唄」（詩集『食後の唄』大正八年を指す・引用者註）に収められた詩は多く小吟竹枝の類である。この外にかれは尚、規模の広大な、重厚な、知識的な、複雑な、いはゆる「杢太郎情調」の詩を書いてゐる。これは彼の詩の第一種で、これこそは彼の「本領」である。これは白秋も云つてゐる。

その「本領」の詩を集めて公刊すべく準備せられ、つひに出る時がなかつた未刊詩集「緑金暮春調」には、素晴らしいかれの詩的放蕩がいと口重にあらはれてゐる（「食後の唄」ではいと口軽にあらはれてゐるが）。かれの詩情の複雑性が、きはめて端的にあらはれてゐる（「食後の唄」ではその詩情が極端に単純化されてあらはれてゐるが）。

補足して言えば、杢太郎はまず詩集『緑金暮春調』を出す予定であった。「スバル」に広告まで出ていたそれがついに刊行されないまま過ぎてしまったのは措いて、彼は三十四歳のとき「暮春調」後の詩篇を編集し、詩集『食後の唄』として出したのである。初期詩篇及び「緑金暮春調」は独立した詩集としては刊行されず、これらが詩集に収録されるのは昭和五年の『木下杢太郎詩集』（第一書房刊）まで待たねばならない。

耿之介が杢太郎の詩の本領があらわれていると言う詩から、その代表的な一篇を紹介しよう。

緑金暮春調

ゆるやかに、薄暮《くれがた》のほの白《じろ》き大水盤《だいすゐばん》に
さららめく、きららめく、暮春《ゆくはる》の鬱憂《めらんこりあ》よ。
その律《しらべ》やや濁《にご》り、緑金《りよくきん》の水沫《しぶき》かをれば、

今日《けふ》もまたいと重《おも》くうち湿《しめ》り、空気《くうき》淀《よど》みぬ。
おぼろかに暈《ひがさ》して落日《いりひ》いま薄黄《うすぎ》にけぶり、
青銅《せいどう》の怪魚《けぎよ》の像《ざう》、蒼白《あをじろ》う鱗《うろこ》かがやく。

恋《こひ》の子《こ》ら手《て》を翳《かざ》し、わりなしや、木《こ》の間《ま》をすきて、
大空《おほぞら》ににじみゆく悲哀《かなしみ》の淡藍色《みづいろ》ながめ、
すずろにも胸《むね》いだき涙《なみだ》する時《とき》しもあれや、
ひそに、さと、あな少時《しばし》、窓《まど》もるる二部唱《づゐつと》の声《こえ》……
「古《ふる》き世《よ》の、古《ふる》き世《よ》の愁《うれひ》ゆゑ絃《いと》しみだるる。」
「さば星《ほし》の影明《かげあ》かる彼《か》の島《しま》に、してえるの島《しま》に
わが小舟《をぶね》よせなむに、などてさは歎《なげか》ふ——と云《い》ふ。」
「この舟《ふね》の、この絃《いと》の、この恋《こひ》の朽《く》ちば——と答《こた》ふ。」
花《はな》ちりつ、花《はな》ちりつ、灯《ひ》に揺《ゆ》れて花《はな》ちりちりつ。

ともすれば深《ふか》みゆく心《こころ》の沈黙《もだし》うち擾《みだ》し、
わかき日《ひ》の薄暮《くれがた》の竪笛《おおぼえ》は泣《な》きこそさぐれ、
石楠花《しゃくなぎ》の葉《は》も垂《た》れて、ああつひに怨恨《うらみ》も暮《く》るる。

かつしかつしむらむらばつと「時《とき》」の足《あし》、恋慕《れんぼ》、なげかひ、
歌《うた》、小唄《こうた》、楽譜《がくふ》の精霊《たま》ら黒《くろ》みゆく丘《をか》を逃《に》げかふ。
ああ暮春《ぼしゅん》、この堂《だう》の錆《さ》びし扉《と》は音《おと》なく鎖《さ》され、
西《にし》の空漸《そらやや》と明《あ》かり、濃《こ》き空気《くうき》おぼめきたるを、
ただひとり今《いま》もなほ、ゆるやかに、さはれ悲《かな》しく
さらめく、きららめく、ほの青《あを》き鬱憂《めらんこりあ》よ。

「暮春調」全体の詩篇に共通することであるが、本篇も異国情調的色彩や音響が効果的に用いられ、用語は多彩で、表現は技巧的である。青年の懊悩が重厚にうたわれているが、そのメランコリーは今となってはいささか古めかしく感じられる。同じく象徴派の手法を取り入れて書かれたもう少し初期の詩、「秋風抄」のなかの幾篇かのほうがわたしなどにはまだ親しみやすい。たとえば次の一篇。

柑子

鷗《かもめ》の群《むれ》はゆるやかに
一つ二つと翔《かけ》りゐぬ。
海《うみ》に向《むか》へる小丘《こやま》には
円《まろ》き柑子《かうじ》が輝《かがや》きぬ。

われはひそかに忍《しの》びより、
たわわの枝《えだ》の赤《あか》き実《み》を
一つ二つとかぞへしに、
兎《うさぎ》のごとき少女《をとめ》来《き》て、

一つはとまれ、二つとは
やらじと呼《よ》びて逃《に》げ去《さ》んぬ。
おどろき見《み》れば夢《ゆめ》なりき。
鷗《かもめ》の群《むれ》はゆるやかに
一つ二つと翔《かけ》りゐぬ。

日夏耿之介と同様に「緑金暮春調」を杢太郎の詩の本領とみる北原白秋であるが、彼はまた『食後の唄』に収められた「抒情小吟」中の「よるよるは」と「夜ふけには」を『松の葉』以来の名吟」と褒めている。

そのなかからいくつかを紹介しよう。

夜《よる》よるは

夜《よる》よるはねむし口惜《くちを》し腹立《はらだた》し誰《たれ》も知《し》ることとなれど時《とき》としてはまた悲《かな》し

たかのつめ

情《なさけ》を深《ふか》くつつみたる女《をんな》を見《み》ればあくたの中《なか》にたかのつめ咲《さ》きたるやうにも思《おも》ふなり二月《にぐわつ》の
雨《あめ》のなんとなく春《はる》めき出《だ》して心《こころ》こそばゆきやうにこそ

飛行船《ひかうせん》

飛行船《ひかうせん》が見《み》えた腹《はら》が見《み》えた空《そら》の沖《おき》をばいういうと泳《およ》ぎ去《さ》る大魚《おほうを》見《み》ればおとなとなれども何《なん》とな
く悲《かな》しき気《き》のする夕《ゆふ》まぐれ

むかしの仲間《なかま》
むかしの仲間《なかま》も遠《とほ》く去《さ》ればまた日《ひ》ごろ顔《かほ》あはせねば知《し》らぬ昔《むかし》と変《かは》りなきはかなさよ春《はる》になれば草《くさ》の雨三月《あめさんぐわつ》桜《さくら》四月《しぐわつ》すかんぽの花《はな》のくれなゐまた五月《ごぐわつ》には杜若花《かきつばたはな》とりどり人《ひと》ちりぢりの眺《なが》め窓《まど》の外《そと》の入日雲《いりひくも》

白秋のいう「松の葉」とは三味線声曲の歌詞を集めた江戸時代の歌謡集のことである。異国情調とともに江戸情調を愛した杢太郎は端歌の一種である哥沢《うたざわ》を好んだ。「抒情小吟」はひとつひとつがごく短く句読点も改行もないが、それがかえって濃い情念を生み、しんみりと人の唇からくり出されると、歌の趣きを増すのだろう。実際に「むかしの仲間」は、昭和十五年ごろＮＨＫラジオの国民歌謡のひとつに選ばれ、山田耕筰作曲で全国に放送された。

白秋と繁く交際したのは明治四十年頃から大正二、三年頃までだった、と杢太郎はのちに振返っているが、それはまさに彼の一生に一度の活発な文学活動の時期と重なる。「予等は無論互に刺戟し合ひ、影響し合ひ、熱狂し合つた」と白秋が記しているとおりだ。「パンの会」の時代とも重なるその熱狂時代における杢太郎像を、白秋は大正八年の詩集『食後の唄』の序のなかで次のように記している。

（前略）彼は此く魔睡し陶酔せむと欲したにかゝはらず、彼は彼自身を遂にはその沈湎の底に見出さねばならなかつたほどの其の官感の幻法から、不思議にも自ら惑乱せられない聡明と理義との保持者であつた。彼はこれら鴆毒の耽美者発見者ではあつたが、彼自らを決してその鴆毒の為めに殺す痴愚と溺没とを敢て為なかつた。

彼は比類稀な詩境の発見者であつた。だが惜しい事にはあまりにその効果を整理為ようとしなかつた。彼の逐次の新発見は殆ど目まぐるしいばかりであつた。だが彼はたゞ前へ前へと前進するばかりであつた。だから彼の背後には、常に勿体ない程複雑は複雑の儘に、美は美の儘にただ燦々爛々と取り散らされてあつた。

白秋の指摘は、杢太郎の本質にかなり迫ったものといえる。理智的な杢太郎には放蕩のあとの虚しさが予想できたろうし、性来の臆病さ、慎重さが彼を禁欲的にもしたのだろう。さらに自身の懊悩を問い、言語にし、作品として深化させていくことのほうに、より興味を覚えたであろうと想像される。放恣であるよりも自律を選んだといえるかもしれない。逆に言えばそれが杢太郎の弱点だったともいえる。白秋の作品が世に広く受け入れられていった一方で、杢太郎の作品がそうならなかった理由がこのあたりにも見出せそうだ。そしてわたしが白秋よりも杢太郎に惹かれた理由もまた。

白秋のもうひとつの指摘から導かれるのは、杢太郎の性癖ともいうべき多方面への興味である。人よりすぐれた感受性を持っていたからこそなのだが、美術への、文学への関心、キリシタン史の、または医学の研究、と生涯にわたり広範囲に及んでいる。関心を持った以上はいい加減にできず、というよりどれにものめりこんで行かざるをえなかったから、彼にとっては時間がいくらあっても足りなかったにちがいない。杢太郎はしばしば、神は自分にいろいろな才能を与えてくれてうるさくて仕方がない。それをどう始末していいかわからなくて困っている、と洩らしていたそうだ。とはいえそれらがばらばらにあるのではなく、興味の対象となるものは全て連関していて、その意味で彼にとって充分な必然性があったといえる。

ところで杢太郎二十一歳から三十一歳までは、医学部の学生または研究生であり詩人でもあるのと同時に、戯曲家でもあり、小説家でもあった時代である。戯曲集が二冊、『和泉屋染物店』(明治四十五年)と『南蛮寺門前』(大正三年)が刊行されている。思ったより戯曲の数が多いのは、当時の文学青年に戯曲熱というようなものが流行していたこと、ついで文学、美術、音楽という三つの芸術が緊密にからみあったこの表現形式に杢太郎が愛着を抱いたこともあげられるだろう。舞台におけるさまざまな要素から醸し出されるある雰囲気、それは彼が好んで使った

Stimmung（情調）といぅ言葉をわたしに思い出させるが、彼が狙ったものがまさにそれだったことが『和泉屋染物店』の跋文からもわかる。しかも杢太郎は戯曲の評価と演劇の評価とを別のものに考えており、「従来及び今後の予の戯曲は、どう云ふ機会にても実演せられることを望まない」とも書くのだ。

同じころ青木繁遺作画集について書かれた文章のなかで杢太郎はこう言っている。「私の物の考へ方は形象的であり、戯曲的である」それはまた「著しく空間的、絵画的」とも言い直せると。

「スバル」が出たころの杢太郎がもっとも影響を受けたのはホーフマンスタールだろうといわれている。のちに彼は「フウゴオ・フォン・ホフマンスタアル父子の死」と題した文章のなかで、「当時独逸語しか読まなかつた我々は、パルナシアンの詩人よりも、ヹルハアレンよりも、ホフマンスタアルから自由詩の調子を覚えた。それで明治四十年前後の我々の仲間にはホフマンスタアルの作風が浸潤してゐるわけである」と書き、このオーストリアの詩人・戯曲家の詩よりも小戯曲から「一聯一章の比喩、響、色彩、空想に」魅了されたのであり、「低音器を掛けた厭世的思想といふやうなもの」に惹かれたのだという。杢太郎にとって、戯曲は詩の延長ともいうべきものであったのだろう。やはり俳句も小説も戯曲も書いた久保田万太郎が、二十三歳のとき「和泉屋染物店」を読んで非常に強い示唆を受け、戯曲を書く自信を得たと話しているのがおもしろい。

最初の小説集『唐草表紙』が出たのは、戯曲集の刊行よりも遅く、大正四年である。二冊目の小説集となる『厥後集』が刊行されるのは留学から帰り、仙台に居を移した大正十五年であって、これよりあと小説は書かれていない。

『唐草表紙』と先の『和泉屋染物店』は両方ともが陶芸家富本憲吉の装釘によるものだが、単純な図柄を木版手摺りにした紙が表紙に用いられており、瀟洒でモダンな造りの本になっている。美術に造詣が深かった杢太郎は造本に際してなかなか注文が多かったようで、そのため出版社は一度で懲りて二度は出してくれなかったらしい。そのうちに彼は自著のほか友人たちからも頼まれて、挿画や装釘を手がけていく。

さて杢太郎の小説であるが、詩や戯曲と同等に彼はこの表現形式を気に入っていたのだろうか、とときにわたしは疑ってみたくなる。元来わたしは戯曲という形式が苦手で、読むのも観劇するのもあまり好まない。ひきかえ小説は人並み以上に好きだと言えると思う。そんなわたしから見て、彼のような小説の書き方で果してどれだけ有機的、発展的に書きつづけられるだろうか、とふと疑問に思わないでもなかったのだ。その才能が小説よりは詩に適しているように感じられたせいでもある。二冊の小説集をとおしてわたしの心に強い印象を残したのは、「珊瑚珠の根付」と「穀倉」の二篇である。

「珊瑚珠の根付」についてはこれを読みおえたとき、わたしは幼少のころに蓋をしたままの古い記憶の在り処が疼くような気分を味わった。つまり読みながらわたしは、うんと昔のことだが、目尻にいつも涙を溜めているような年のはなれた従兄にたいする片思いが、たとえば手をつないでいっしょに歩くときなどに非常な喜びを覚えたりしたことが思い出されたのだった。「珊瑚珠の根付」はまずこのようにしてわたしの中に入ってきたのである。作中の亮さんという男を慕う主人公の少年の、恋ではないが恋のような感情が言葉の隙間隙間を埋め尽している。文章全体から受けるのは、よい匂いのする、柔らかな、まとわりついてくるような懐かしさだが、しかしべたつかず、一種の潔さがある。詩の「抒情小吟」や「竹枝」を連想させる歌のような趣きが感じられる。佳篇といっていい。

一方「穀倉」は、南国小景という副題がついているとおり、一種のスケッチ、絵画と言いかえてもいい作品だ。「珊瑚珠の根付」も「穀倉」も恐らく作者の幼少時の体験がもとになっているのだろうが、前者が主人公の子供の情感を奥行き深く描いているのに較べ、後者では子供の育った海辺の集落の風物を美しい模様の織物をひろげてみせるように色彩豊かに描いている。印象派を思わせるその絵には淡いエロチシズムも漂っており、一種の開放感がある。

穀倉《こくぐら》は海の近くの小高い崖の上に在つた。当時衰運に傾いた大きな酒屋の持物で、母屋からはかけ離れた畠の中に建てられて居た。戸口の前は隣の畠で、赤るみ切つた大麦がまだ刈られないで居て、風のたび毎にふすふすと甘い香を送つてよこした。そして垣根の上には肥つた島桜が聳《そびや》ぎ出で、濃い葉蔭には黄色、紫、真黒《しんこく》の桜実《さくらんぼ》が、如何にも汁が多さうに鈴生《すずなり》に垂れて居る。倉の中には刈られた麦の束《たば》が乱雑に積まれてあつて、黄ろい、透き通るやうな色だの、淡い惚々とするやうな緑色だのが、気持よく交つて居る。そして例の重苦しい芳香がそこから出て、倉一面に拡まつた。誰でもこの柔かさうな麦束を見ては、其上に体《からだ》を横たへて、無理に束《たば》の中へ鼻を突き込み、心ゆくばかりに其香を嗅がなければならなくなるやうな——肥つた若い女の肉体のやうな誘惑を持つて居るものであつた。

穀倉の窓は高かつた。然し箱を捜してそれを台にして其窓から覗くと、初夏の汗ばむやうな海の面が見られた。海の向ふには岬や港が見えた。また港に懸つて居る船の帆、檣が見えた。港のそばの丘の上には白塗りの燈明台があつて、その一面が太陽の光を受けて、真白に輝いて居るのも見えた。

開放感は、五官を全開して周りのあれもこれもを存分に味わっている作者の姿勢からくるものだろう。まったくすばらしい感覚の持主である、木下杢太郎という人は。しかもその表現というものは、知的に制御されていながら、生き生きと匂い立つような透明感がある。これらには杢太郎が愛読していたという鈴木三重吉の「千鳥」や「山彦」の影響もむろんあるだろう。そしてその三重吉が「穀倉」を絶賛している。

『唐草表紙』には、森林太郎（鷗外）と夏目金之助（漱石）の二人が序文を寄せており、そのうち漱石のものは作家として懇切、的確な分析と批評がなされていて、なかなか面白い。漱石と三重吉が共通して指摘しているのが「ムード」又は「気分」である。つまり小説においても杢太郎に特徴的なのは、作品から漂う情調ということになる。『唐草表紙』に「穀倉」は収録されていないから、この作品について漱石の言及はないが、「珊瑚珠の根付」については、「全くあなたの為に擒にされて仕舞つたのです」と書くほどであった。そして漱石独特の比喩として興味深いのは、杢太郎の文章は「楷書でなくつて悉く草書です」と、そのデリケートさを形容しているところだ。

杢太郎は森鷗外の弟子のように一般にみなされ、また実際にその近くにいた人であるが、同時に夏目漱石にたいし深い敬愛を抱いていたのも事実である。鷗外については尊敬と共感をこめて論じ、数多く文章をものしている一方、漱石についてもその訃を知ったとき、小宮豊隆の漱石論を読んだときなどに、漱石への愛を吐露している。

さて鷗外の序文である。漱石が具体的に作品に触れているのとは対照的に、当時文壇の主流であった自然主義派からまったく無視されつづけてきた杢太郎の作品を擁護するものとなっている。「わたくしは大正の文壇が小説家としての一の太田を容るるに吝ならざらんことを望む。それは現今流行する小説の傍に、此小説の存立する権利があると信ずるからである」と。鷗外の文章は雄勁で、なおかつ暖かい。漱石も指摘していたが、鷗外も杢太郎の小説の特徴のひとつにその耳の良さをあげている。人の呼びかわす声、笑い声、どなり声、生業から生じるさまざまな物音、そして俗謡など、それらが彼の小説のなかにおけるほど豊かに、効果的に取り入れられている例はほかにない、と言うのである。

一年留年した木下杢太郎は明治四十四（一九一一）年十二月に大学を卒業した。この年の春には来日したドイツの東洋美術研究家のグラザア夫妻を案内して京都、大和などを巡っている。杢太郎は窮屈な日本を脱出して海外へ行きたいという望みを持っていて、夫妻やもう一人のドイツ人の知り合いのハーゲマンに相談したりしていた。

いくたびか海《うみ》のあなたの遠人《をんじん》に文《ふみ》かかむと思《おも》ひいくたびか海《うみ》のあなたの遠国《をんごく》に去《さ》らむと思《おも》ふ
今宵《こよひ》また宿直《とのゐ》の室《しつ》に

「海のあなたの遠人」はグラザア夫妻だったろうか。それともハーゲマンだったろうか。夫妻とともにした旅行をもとに杢太郎は「宝物拝観」という小説を書いているが、その終りのところで「我々は基督教徒ではない」と打ち明けた夫人の言葉を重く受けとめて記している。夫妻の日本旅行の三年後に第一次大戦が始まり、約四年後にドイツは降伏。それから二年経たないうちに、のちにヒトラーが指導者となるナチス党が第一回党大会を開いている。ドイツ国内の事情も厳しいものだったにちがいない。杢太郎が期待していた海外からの返事はついに得られなかった。

卒業後の明治四十五年一月から六月まで、彼は衛生学教室の研究生となって細菌学を学んだ。もし皮膚病学をやろうという先入観がなかったなら、恐らくこの学問を選んでいたろうとのちに書くほど細菌学は好きだった。七月に皮膚科学教室に入り、土肥慶蔵の門に入った。皮膚病学をやろうという先入観念は、ではどのようにして生まれたのだろうか。「森鷗外先生に就いて」のなかにこうある。「僕は大学の卒業が近づいた頃、何の専門に入るべきか、(当時医学はきらひだつたので) 自分に見当がつかず大に迷つた。それで先生にその事を尋ねて見た。僕は精神病学を択ばうと思つたが、先生はそれを賛成せられなかつた。生理学はどうだと謂はれた。又土肥慶蔵君の如きは最も教授らしい教授の一人だとも言はれた」それが杢太郎の頭にこびりついていたためらしい。鷗外が推した土肥慶蔵は、西欧で梅毒学、皮膚病学、泌尿器学を学んでおり、日本の皮膚病学を確立した存在であった。富士川游、呉秀三とともに医学史の分野も開拓。齋藤茂吉は呉秀三の門下生である。『世界黴毒史』は名著として知られ、また漢詩文にも造詣が深く鶚軒と号し文章もよくした。そうしたことも杢太郎には好もしく受けとられただろう。また当時は「日本といはず西洋と云はず皮膚科の学問の隆盛の時代であつた」といい、土肥慶蔵を指導者とする東大皮膚科医局には「全国からの患者が輻輳し、忙がしくはあつたが、実にはたらき甲斐があつた」のも、「研究の為めには凡ての便宜が与へられた」のも事実であった。杢太郎はこのような研究室に通いながら、一方で詩はもとより戯曲や小説や評論をさかんに発表していたのである。

『唐草表紙』の跋に「私に取つては創作といふものが、生活機能の必然なる要素であるのです、私が小説を書くといふことを咎める人は、即ち私の生活の一部を否定しようとするものであつて、畢竟私の生存の敵なのです」と杢太郎が強い調子で記したのが大正四年一月であった。しかるに大正五年一月の「アララギ」に載せられた齋藤茂吉宛の手紙には、研究室で過ごす時間が増えるとともに詩作への興味が薄れ、依頼を受けた作品は書けないと断っている。「小生には文学的観照の興漸く減じ、自己の生活の為めの計をなすの利害愈々相加はり候に因り候と申すべきか」と記している。そして杢太郎が土肥慶蔵の意を受けて満洲奉天へ赴任していくのはこの年の九月である。『唐草表紙』を出したあとの一年ほどのあいだに、彼になにが起こったのだろうか。家族からの締めつけが厳しくなったのか、それとも皮膚科学の研究そのものにすっかり捉えられてしまったのか。具体的にいつごろから満洲行きの話が持ち上がったのかわからないが、小説集も出し波に乗っているときに東京を離れることは大きな痛手であったはずである。ここで茂吉あての手紙をもう一度思い返してみると、「自己の生活の為めの計をなすの利害愈々相加はり」と書かれている。文学に力を入れたいのは山々だが、どうでも経済的自立をはからねばならないということであったか。このとき彼は三十歳になっていた。そのためには医学のほうで職を得、生活を安定させねばならない。これまでのようにのんびりと皮膚科学教室に通いながら文芸活動を続けるというのは気楽に過ぎる話であった。大正五年七月二十六日の日記には、「Prof. はむしろ予の早く諾したる案外なりしか」と書かれ、彼が土肥教授の予想よりも早く承諾の返事をしたことがわかる。またその数日前に伊東に帰って家族に話したときには、「予の金を得る途の開けたるを喜ぶものはある。誰も予の真事業の或いは中絶する場合の起るを危惧するものなし」と書かれている。真の事業とはやはり文芸を指すと考えてよかろう。またこれ以前に、次姉きんが後妻に行った先の河合浩蔵の長女との結婚話が持ちあがっていただろうことも充分考えられる。渡満後の杢太郎にあてた姉きんの手紙などを見ると、彼がその結婚話をほぼ受け入れて奉天へ出立したらしいと思われるからである。但しその結婚について双方の考えが異なっていたのも事実だったようだ。河合家側は婿養子と受けとめていたが、杢太郎は養子にはならないと決めていたのである。この齟齬はのち長く彼を苦しめることになる。

後世における杢太郎の評価には、もっぱら彼の二十代における十年間の文学的成果だけが取り上げられてきた。ことに近代文学の研究においては耽美派詩人としての側面のみが強調されてきた。しかし加藤周一ほかが指摘するように、そのやり方ではとうてい木下杢太郎（太田正雄）の全貌・全仕事をとらえきれるものではない。むしろ海を渡っていくこれからの杢太郎のほうに、さらに言うなら四十代以降の彼のほうに汲んでも汲み尽くせないほど豊かなその本領があり、わたしなどは深く魅了される。

三　南満医学堂及び欧米留学の時代

　大正五（一九一六）年九月、木下杢太郎は満洲の奉天（現・瀋陽）に渡り、南満洲鉄道株式会社の経営する南満医学堂教授兼皮膚科部長に就職した。一般に満鉄と呼ばれている会社は、明治三十七（一九〇四）年から翌年にかけての日露戦争における日本の勝利によって、ロシア帝国から譲渡された南満洲の一部の鉄道敷設と付属の地の経営のため、明治三十九（一九〇六）年に半官半民の国策会社として設立されたものであった。杢太郎の赴任は、満鉄設立の十年後ということになる。当時の奉天は、遼東半島の先端に位置する大連と長春とを結んだ線のほぼ中間くらいの内陸にある人口二、三十万の都市であった。杢太郎はこの土地で四年ちかくを勤務することになるから、どんなところだったか、彼の「北支那雑話」、「満洲通信」を中心に述べてみよう。奉天は緯度で言えば北京よりも北にあり、冬はずいぶん寒く零下二十度くらいまで下がる。空気が極度に乾燥しているせいで、あまりメランコリックにならずにすむが、情緒というものも感じられなくなるという。彼が「奉天へ来てから以来全くロマンチイクの気を無くした」と書くのは、創作の意欲を失くしたというのと同じ意味だと受けとってよいだろう。それにこの街にはろくな本屋、図書館、博物館がなかった。「どこを見ても裸な奉天」というのは自然が剝き出しであるだけでなく、文明の衣もかぶせられていないということと解してよい。

朝暮の風が漸く峻烈の威を加へて来る。わたくしは実に満洲に来て、初めて満目蕭条の字の真意を悟つた。

（前略）自然は趣味ではなくつて威力である。

若し我我が支那の農民であつたら、そしてこの荒い大自然の中に居たら、明清の興亡、民国の創立、そんなものは何でもないと考へるに相違ない。都会、城壁の如き、自然の機嫌の前には存在の勢がない。立派な北陵の墳墓の如きも直ぐ雪又は風塵の中に埋められてしまふ。自然の機嫌と、自分だけの直接生活との外は、みんな余計なものである。

から云ふ索然たる、而も底力のある事実を見てゐると、生温るい趣味からの、上滑りのした作品が面白くなくなるのは、蓋し已むを得ないことだらうと思ふ。

以上は「満洲通信」からの引用だが、微温的で湿潤な狭い島国を出て、猛々しく乾燥した広大な大陸へと移った環境の違いが自ずと彼の目を開かせていったのがわかる。九月十五日夜奉天に到着した翌月から、杢太郎は「満洲通信」を書きはじめ、十一月から七年十二月まで全二十六信が七回にわたって「アララギ」に連載された。なお『木下杢太郎全集』（一九八一年〜）には「満洲通信拾遺」として第二十七信から三十四信までが収録されている。書信形式で書かれたこれらのほとんどが齋藤茂吉にあてられているが、うちのいくつかは和辻哲郎にあてて書かれている。二年間（「拾遺」を入れれば三年間）にわたる通信であるから、奉天にいる杢太郎の内部の変化を読みとることができる。

何故と云へば明るいからである。わたくしは此《ここ》が好きだ。少し他所行《よそゆき》のやうな気分もある。

第一信はこのような印象的な書き出しで始まる。「明るい」というのは、奉天という街について言えば、南満鉄道会社のもつ「比較的に階級観念の少い」気風に原因するところの「自由の気分」と言い換えてもいいだろう。そして杢太郎について言えば、内地では経験できなかった自由を感じていたせいだろう。それは第一に社会的拘束からの自由で、社会的とは家族、大学の研究室、文壇のようなところも含まれるかもしれない。第二に、これは杢太郎に特別なものかもしれないが、彼を長く魅してやまなかった東京、しかし「無用の刺戟の多い東京」からの自由だろう。東京でしてきた自分の生活は「凡て是れ誘惑と混雑」だったと彼はいう。「不用の欲望が、他の更に不用の欲望を生む原因とな」り、結果として彼は文芸の創作や批評においてじつに多産な日々を過ごしてきたのだった。それに反し「根元に関する問題」は忘れ去られたままになった。朔北の地、人事も自然もラコニックつまり簡潔で簡明な土地に来て、いま「わたくしは本来在るべき所に帰著したのである」と書く。彼が満洲行きを受諾した理由のひとつがこの二つの自由のためであったのは間違いない。「わたくしの満洲に於ける生活は自省に始まつた。過去の顧望とその批評とである」と彼はその覚悟をまず示してみせる。

ただ実際にはなかなか思い通りにはいかなかった。孤独が彼を苛んだからである。満洲到着後まもなく長春と吉林を訪れたときに作ったリリックにあらわれているように。

吉林省吉林県
吉林城外のとんかとん、、、
夕闇の原中に立つて「薄墨」の歌を歌へば、
「薄墨」の歌をうたへば涙ながるる

一行目と二行目の固有名詞は中国読みにすると「ちいりんしやん、ちいりんしえん、ちいりんつおんはい」となり、習い始めたばかりの中国語の発音も楽しみながら作られたのだろうが、ひとり異境にあることは彼をセンチメンタルにしないではいなかったのだ。

第三信には、夏目漱石の訃を新聞で知り、「わたくしも夏目先生を好いてゐる人人のうちの一人」だったと明かしている。杢太郎の渡満より約七年前の明治四十二年に漱石は当時満鉄総裁だった中村是公の招きで一か月半にわたって満洲、朝鮮を旅行し「満韓ところどころ」という文章を残した。もっとも書かれたのは旅行の途中の撫順までで、そのあとは書かれずにしまったが、終りのほうに奉天で四、五日を過ごしたときのことが出てくる。漱石の見た埃っぽい街が、七年後に杢太郎が目にしたときとどれだけ変わっていたかいなかったか。

杢太郎は簡単な中国語はすぐに話せるようになったから、ひとりでときにスケッチブックを携え奉天のあちこちを散策している。蒙古人の寺もそうだし、苦力市場もそうである。ことに市場で眺めたその日その日を食べて眠るだけの、そしてそれが人生のすべてであるかのような人々の暮らしぶりに、この先彼らはいったいどうなっていくのだろう、とその運命にたいして淡い哀感を覚えながらも彼は次のように記す。「わたくしはから云ふ光景を見て歩きながら、考ふることなく唯感じたのである」と。そういえば杢太郎はこのように書いていたこともあった。

日本人が他国の主権内に侵入し来つて殖民をする。こんな古今未曾有の事実は、其細目の観察に於て小説以上の興味がなければならぬ。然し自分には薄薄そんな大事実が感得されるだけで、はつきりと好く見えないことを残念に思はざるを得ない。

このような記述を通して見えてくるのは、豊かな五官で感じとっていくのは得意だが、感じとったものを考える手立てとしまとまった思考に発展させていくのは苦手という、彼の資質であろう。次のように彼は打ち明けてもいた。

結局わたくしには何等の政治的或は道徳的の、実際的の主義がないのであつた。それよりもわたくしの人格に――人格と云ふ言葉を余り窮屈な道徳的の意味に取らないで――わたくしの全人格にもつと強く響くものは、芸術的精神であつた。平民主義も貴族主義も、徳もはた不徳も、孰れもわたくしの心に達するまでには、一度は必ず「芸術的」のモスリンを透して来なくてはならなかつた。

生涯をとおし、彼が政治にも社会主義思想にもほとんど関心を示さなかったわけがなんとなくわかる。
杢太郎はかつて『唐草表紙』の跋で、自分にとって創作は生活の一部であり、それを咎めるものは「畢竟私の生存の敵」であるとまで言っていた。それから一年半後に彼は満洲へやって来て、そしてなぜか次第に創作から離れていってしまった。奉天という土地が彼に芸術的感興を与えず、彼が自由に泳ぐための水がなかったせいだろうか。それとも「東京」から離れてしまえば、創作意欲も萎えてしまうというものだったのか。第四信に、「東京では自分は両頭の蛇であつたが、今や真個の一頭である」と杢太郎は書いているが、これについては少し説明がいるだろう。杢太郎の「森鷗外」から引用する。

余壮にして疑ふ所有り、一事を鷗外に問うた。答へて曰く、蛇は時々皮を脱ぐ、人間も sich häuten する要が有る。余又問うて曰く、蛇両頭ならば如何。鷗外笑つて答へず、余は鷗外を困らしたと考へた。今にして思へば鷗外自身は決して両頭の蛇ではなかつたのである。

鷗外は軍医行政官であり、一方で文学者であった。その姿が「両頭の蛇」になぞらえられているのである。杢太郎は大学時代に医学をとるか文学をとるか大いに迷ったとき、鷗外を訪ねた。その口から聴きたかったのは、「万事を捨てゝ文芸の事に従へといふ言葉」だったが、鷗外は全くそれらしいことは言わなかった。しかものちにわかったのは、鷗外は「両頭の蛇」では決してなかったということであった。

鷗外の一生涯は、何人も同じく言ふが如く、休無き精進であつた。そして尚古と進取との両遠心力が鞏靱の調帯の両極に激しい廻転をなした。真の意味でのユマニストであつた。一専門、一遊戯の一極に熱中する所謂天才肌の人ではなかつた。文学と自然科学と、和漢の古典と泰西の新思潮と、芸術家的感興と純吏的の実直とが、孰れも複雑な調帯の両極を成してゐる。科挙から没世の日に至るまで、其行実は坦々たる吏道であつて、一見奇無きが如くである。其奇無きは然し機関と調帯とが甚だ堅牢であつて、強い陰陽の両力に対して能く権衡を保たしめたから然るのである。

同じく「森鷗外」のなかにこう記すのである。鷗外にあっては、両極にあるものが調帯（動力を伝えるためのベルト）の激しい回転によってバランスが保たれ、もはや相矛盾するものでも、相反するものでもなくなっていたというのである。この文章の内容はいずれそのまま杢太郎にもあてはまることになるのであろうか。

奉天の医学堂では、杢太郎はしごく真面目な勤務ぶりであったらしい。東京からも文芸の世界からも遠ざかり、もはや木下杢太郎という名が他人のもののように思えると和辻哲郎への手紙に書くほどであった。頭の中は芸術よりは医学上の問題でいっぱいになっていた。「今や真個の一頭である」と書くゆえんである。恐らくこのころの研究には、白癬菌についてや、癩風菌の培養などがあったものと思われる。ときどきわたしはふっとはぐらかされたような気持になるのだが、杢太郎の書くもの、詩でも、散文でも、と彼が研究の対象に選んだ皮膚科学とがおよそ不似合いな気がして。ところで杢太郎の専門のひとつは真菌（カビ）だが、真菌類にはカビの他にキノコがある。カビのほうは体が糸状の菌糸からなり、糸状菌ともいう。糸状菌によって起こされる皮膚病にみずむし、しらくも、たむし等がある。これら糸状菌を顕微鏡で見ると、なかには色といい形といい極めて美しいものがあるらしい。研究室を訪れる人に顕微鏡をのぞかせては、「きれいだろう、これも芸術だよ」と彼は言ったそうである。このあたりまでくると、わたしにもなんとなくわかってくる。彼が真菌にのめりこんだ理由が。それに真菌は最下等とはいえ彼の愛した植物なのだったから。（ただ皮膚科医の小野友道によると、カビは一九七〇年ごろまでは植物とされていたが、いまでは動物でも植物でもないことがわかってきたらしい。）

以上から、杢太郎の研究には「多分に形態学的の傾向があつた」と言えるし、また彼が絵を描くのを好み、その才能が充分にあったことも根本は同じといえよう。南満医学堂の同僚であった久野寧は、しかし、と言って、一九二九年にカビの研究からペニシリンが出来たことを思えば、もしも杢太郎が「形態学者でなくて化学者であつたならば、そのカビの研究は疾にペニシリン発見の方に向いてゐたかも知れない」と残念がるのだ。彼ならそれが出来たかもしれない。なぜなら杢太郎が日本の医学者としては珍しい思索型であり、机上の構想（杢太郎自身はそれを「空想」と呼んでいる）を実験によって実証しようとする学者であったからだと。

ところで大正六年三月に書かれた第五信には、高揚した口調で、かつて玄奘三蔵が通った道を北京からインドへ抜けてみたいと西域への憧れが語られている。奉天に到着して三か月後に杢太郎は『大唐西域記』を東京から取り寄せようとしており、その後この書物を手に入れて大いに刺戟を受けたものと思われる。六月には入澤達吉宛ての書簡に、「目下ハスタインの中央亜細亜紀行を買ひ入れ此不可思議境に対する空想にて無聊を銷し居候」と記している。当時は西域、中央アジアにおける考古学発掘調査にはめざましいものがあり、その報告書、研究書も多く刊行され、日本の大谷探検隊の『西域考古図譜』も大正四年に出ていた。杢太郎は『大唐西域記』を皮切りにスタインほかを読みこみ、のちには中国美術に関連してシャヴァンヌの「北支那旅行記」を手に入れようと苦心している。

同じ年の八月、一か月の休暇をとって帰省した杢太郎は、旅行のひとつの目的であった奈良へ出かけ飛鳥白鳳天平時代の仏像を見学する。奈良は、彼の中央アジア熱の一環として捉えられており、古代奈良に中国、インド、さらにはギリシアの影響を確認しようとするものであった。これにはそのころ大和古寺の仏像に熱中し、やがて『古寺巡礼』という著作に結晶するものを育くんでいた親友の和辻哲郎からの感化もあったろう。そしてもうひとつの旅の目的は、一年ぶりに訪ねる東京において、いまだに彼が恋い焦がれてやまない江戸的東京的情調から訣別したいというものであった。

和辻哲郎のほか齋藤茂吉、富本憲吉に宛てた形で旅行中に書かれたのが「故国」という作品である。日本を離れ、満洲の地に渡り、距離を置いたために初めて見えてくる故国がある。それを狭義でとらえるのではなく、地球規模という広義でとらえるなら、ずいぶん面白いものにわたしたちは出くわすことになるだろう、とそのように杢太郎は考えはじめるのだ。

「故国」のなかではまったく触れられていないが、この旅行にはさらにもうひとつの目的があった。河合浩蔵の長女正子との結婚である。杢太郎は妻を伴い朝鮮半島を経由し、奉天へと戻った。

渡満後の杢太郎が医学に没頭していたのも、中央アジアへの夢を熱くしていたのも事実だが、一方でやはり今の孤独を持て余し、幸福であった東京での生活を未練たらしく思わずにはいられなかったのも事実だったろう。それらを振り切ろうとしてもがく彼の姿が「通信」にはときに見られる。のちに「瀋陽雑詩」としてまとめられる満洲時代の詩篇にも、彼の愁歎の声を聴くことができる。そのなかから一篇を。初出は「通信」の第十三信であるが、『木下杢太郎詩集』に収録されているものを定稿として引用する。

等一会児

其後月日《そのごつきひ》の経《た》つに随《したが》つて予《よ》も漸《やうや》く満洲《まんしう》に慣《な》れた。然《しか》し一年後《いちねんご》の秋《あき》、満月《まんげつ》の日《ひ》の宵月《よひづき》が余《あま》りに良《よ》かつた時《とき》には、不覚《ふかく》にも亦過《またす》ぎし日《ひ》のことなどを思《おも》ひ出《だ》した。わざわざ馬車《ばしや》に廻《まは》り道《みち》をさせて、昭陵《せうれう》に到《いた》る原中《はらなか》に出《で》た時《とき》、「等一会児《まてしばし》」と云《い》つて馬車《ばしや》を停《と》めた。

待《ま》てしばし、
今宵《こよひ》は中秋満月《ちうしうまんげつ》、
夕闇《ゆふやみ》のうちから月《つき》が出《で》て居《ゐ》る。
瀋陽《せんやん》の辺門《へんもん》の外《そと》、
貧《まづ》しい家《いへ》からも楽《がく》の音《ね》が聞《きこ》える。
等一会児《どんいいほおる》！　馬夫《まあぷう》、馬《うま》を停《と》めろ、
おれは忘《わす》れ物《もの》をしたぞ——何《なに》か落《おと》した。

――だがそれは前《まへ》の辻《つじ》ではない、
もつと前《まへ》だ、前《まへ》だ……どつか心《こころ》の隅《すみ》だ。
――何時《いつ》であつたか、
おれは何《なに》か思《おも》ひ付《つ》いて、それを忘《わす》れて、
今《いま》までうち捨《す》てて置《お》いたことがあつたが……
生活《せいくわつ》のまじめさ、つらさ、
いつか心《こころ》も老《お》いて――さうだ、その事《こと》だ。――忘《わす》れてしまつた。

今支那《いましな》も朔北《さくほく》の果《はて》、
瀋陽《せんやん》の城《しろ》の帰《かへ》るさ、
ふと十五夜《じふごや》の笛《ふえ》にそそられ、
さうだ、思《おも》ひ出《だ》した。さうだ、その事《こと》だ。

車《くるま》を停《と》めて何《なん》になる。
去《ちゆい》！　馬夫《まあぷう》、帰《かへ》つても可《い》いんだ。

詞書きはあとで添えられたものである。また詩集『食後の唄』の序文にこの詩が引用され、詞書きとほぼ似た内容の説明がなされている。どのような状況で詠まれたかを知らなければ、わかりにくい詩だといえる。しかし初めてこの作品に接したとき、わたしには詩句の意味がすべてわかったわけではなかったけれども、「ちょっと待ってくれ、馬を停めてくれ、おれはどこかに忘れ物をしてきてしまった、なにか大事なものを落としてきてしまった」と声を挙げずにいられなかった詩人の取り返しのつかない思い、寂寥、に胸を衝かれた。

詩の九行目と十行目のあいだに一行あきが入ると、もう少しわかりやすくなる気がする。この詩が書かれたのは、杢太郎が奉天に来て二度目の秋である。満洲での全くの孤独と慣れぬ生活と日々の仕事に追われていたせいで、一年前の秋やはりいまと同じように月を眺めていたとき、「等一会児」ではじまる詩を書こうと思いついたのに、これまでそのことをすっかり忘れて思い出しもしなかったとようやく気づくのだ。詩を書くことがこんなにも自分から遠のいてしまったという痛恨が、この作品の主調音となっている。

このどこかたどたどしくさえある詩篇も含め「通信」にのせられた詩について、日夏耿之介は「已に昔日のうるほひの無い、寔に無味乾燥な作品で、木下君好きの予と雖、お世辞にも賞められぬ」と酷評している。耿之介が絶讃する「緑金暮春調」に較べ、作品としての美しさに欠け破綻もあるかもしれないが、「等一会児」や「奥の都」のような作品のほうにわたしは親愛を感じる。
齋藤茂吉のすすめもあり、杢太郎は詩集『食後の歌』の整理を始め、大正七年三月末に原稿を送り、九月に序文を書きおえている。この詩集に収められるのはおもに明治四十二（一九〇九）年から四十五年ころに書かれた作品で、それからすでに十年ちかくが経過していた。そのため彼は序文を次のように書き出している。

今予は此小册子を刊行しようとして、心に慚ぢて躊躇する。予がわかき日の酔はもう全く醒めてしまつて、その時の歌には、唯空虚な騒擾の迹と、放逸な饒舌の響とが残つてゐるのみであるのを知るからである。その歓喜も、その悲愁も、殆どただ心の外膜に洵き現はれ、波紋を描き響を立て、乱れ、またちりぢりに散り失せたる、気まぐれな情緒に過ぎないし、その格調にしても——さう云ふ内容を、その時の場あたりの調子と言葉とで写したものゆゑに——今から顧みて顔を顰めるほどの鄙《いやし》さがある。

詩集『食後の唄』は大正八年十二月アララギ発行所から刊行された。著者は恐らく「食後の歌」としていたと思われるが、どこかで「唄」に変えたのか変えられてしまったのか。「満洲通信」には両方の表記が見られる。今さらこういうものを出してなにになるかと彼が躊躇したとおり、実際近代ヨーロッパの抒情詩と江戸情調とがあわさってできたようなこの詩集の刊行は遅すぎたのである。すでに二年前には萩原朔太郎の『月に吠える』が、一年前には室生犀星の『抒情小曲集』が出ており、同じ年には堀口大学が『月光とピエロ』を出していた。時代は移り変わっていた。むろん詩集は詩集として、杢太郎自身も変わりつつあった。

もともと語学に才能のあった人であるから、杢太郎は外国語の習得には非常に積極的である。奉天に赴任すると早速中国語の勉強を始め、ついでロシア語も習っている。片言の中国語を操り、芝居小屋にも行くし、身軽に旅行にも出かけた。身だしなみがよく潔癖で、また小心でもあり慎重でもあった杢太郎が、不潔、不便、生命財産の危険のある中国内地へよくもしばしば旅行したものだと、人は不思議がったそうである。

大正七年四月にひとりで河南省を旅した模様は「河南風物談」や「徐州――洛陽」にあらわされているが、その後も『支那南北記』に収められる中国、朝鮮の旅行記、そして生涯にわたって旅行好きな彼が残したたくさんの紀行文は、とくに旅が好きなわけでもないわたしにとっても充分面白い。たとえば三島由紀夫は『文章読本』のなかで、「私がいちばん美しい紀行文と信ずるのは、木下杢太郎氏の文章であります」と書いて、「クウバ紀行」の一節を引用している。これには杢太郎の文章能力の高さにもよるが、ほかに、彼が既成観念にとらわれずいつも自分の感性に信頼をおいて風物や人を見たせいであろう。その自然描写は絵画的で独得の美しさを湛えたものだが、一方でその目、頭は物事の奥まで見透す力をも持っている。たとえば中国旅行中、彼はこんな風に考える。中国はむかし日本に立派な文化を伝えてくれた。南蛮渡りのヨーロッパ文明もわれわれに創造的文明を伝えてくれた。それに比していま日本は中国で仕事をしているが、いったい彼らに文化的なにかを伝えることが出来ているのだろうか、と。というのも日本には独自の哲学というものがないからであった。

杢太郎が南満医学堂教授兼奉天病院長の職を辞するのは大正九（一九二〇）年七月であるが、その一年以上前から辞職の希望を持っていたことが書簡などから知れる。海外へ留学するためである。杢太郎の周囲でも多くの人が官費もしくは私費で留学を果たしていた。しかしその前に彼にはぜひともやりたいことがあった。中央アジア熱の一端としての中国内陸への旅行である。満鉄を辞めたときの慰労金があったし、運よく彼より八歳若い洋画家の木村荘八という同行者も見つかった。最初の旅行先が朝鮮になったのは、京奉線が内乱のため不通になって北京へ行けなくなったからだったが、七月末から十一月にかけて朝鮮、華北、華中の各地を旅行したなかで、二人にとってもっとも忘れがたく重要だったのは、雲崗での滞在であった。

九月十日杢太郎と荘八は山西省大同に行き、翌日中国人の小者と料理人を雇い、馬車とロバで雲崗石仏寺に到着。寺に籠り、洞窟内のおびただしい石仏を観察し、写生し、写真に撮り、また拓本、平面図をとるといった毎日を過ごした。九月十ロから、そこを離れる二十六日までの日々の仕事と生活の記録が「雲崗日録」としてまとめられた。「日録」には挿絵、図版が百四十図収められていて初心者にもわかりやすいが、なにより水を得た魚のように生き生きと楽しげな杢太郎の文章と挿絵が魅力である。洞内の仏像のなかには後世になって劣悪な修復を受けたものが多く、あるとき彼は憤りをもってそのけばけばしい顔面の皮を剝がしていく。すると下からあらわれたのは驚くほど美しい仏の相であった。そのときの彼の喜び、心の慄えが手にとるように表現されている。雲崗での日々がどれほど楽しく愉快なものであったかは、「日録」中に四度も、自分の生活においてもっとも幸福な時であると記されていることからもわかる。彼をこれほど夢中にさせ喜ばせたのは、ひとりの画家としてその「官能的享楽」を存分に味わえたからにほかならない。

デッサンを終り、或は基調の著色を終つてわたくしは屢〻洞窟の外に出て、煕々たる陽光に浴しました。まるで春昼の如き日差しで、近い緑草からも遠い雲崗河（或は武周河）の河床からも、ゆらゆらと陽炎が立ち昇ります。雲雀の声でも聞えさうです。雲雀こそは聞えないが、遠くで種地的《ひやくしやう》が驢《ルウ》を叱する声はしばしばします。黄及び紫の野菊が咲いてゐます。そして雲崗河の向ふの丘陵はぎらぎらと薔薇色に輝いてゐます。支那も忘れ、北京も忘れ、アルカヂヤの裡に居るやうです。

夜間のあまりの寒気のため雲崗を引き揚げることになった二人は北京に戻り、その後なおしばらく旅を続ける。途中で木村荘八と別れ一人になってからも杢太郎は、湖南省、江西省などを旅して十二月にようやく帰国したのだった。帰国の途上で船から和辻哲郎にあてて出した手紙には、「僕は今度の旅行でデッサンが非常に面白くなつた。そして僕の本領はやはりそこだと自省した。詩やドラマなどはつけやいばだつた」と記したりしている。仏像の美しさを認め、それを紙に写しながら、遥かに遡って東西の歴史の交流を夢のごとく想像する……それはやはり杢太郎にとって至福の時間であったにちがいない。

「雲崗日録」は、木村荘八の書いたものと併せ、共著という形で『大同石仏寺』として大正十一年に日本美術学院から発行された。杢太郎はすでに留学中であったため、荘八がひとりで編集にあたった。この本は翌年の関東大震災のため大半が焼失してしまったらしく、ずっと後の昭和十三年になって杢太郎の書いたものだけを編集し直し、『重版大同石仏寺』として座右宝刊行会から発行された。

杢太郎と荘八がよく何か月もいっしょに旅行をしたものだと感心していたら、互いにこんな風に書いているのが見つかった。まず杢太郎は、「木村君が舌の中できれいにしやぶつた匙を、我々共同のジヤムの缶の中へつつこむことに対しては、さういふことに潔癖を有する僕を大になやましたが、しまひには慣れてなんとも感じなくなつた」、「木村といふ男は東京生れの蒼人《ソウバアジユ》だ」と言い、荘八は杢太郎を「謹厳で、着実で、然も好奇満々として――云ふことを許せ――屢々大いに滑稽です」と言っている。

中国旅行も終りにちかいころ、杢太郎は日記にこう書いている。「人々の現実生活を漫遊者の物ずきの目で見るといふことが、自分ながらあきたらなく、恥しく思はれた」と。そして三、四年のあいだ慣れ親しんだ中国語に別れを告げようとして、何も思う存分味わったり考えたりできなかったのを物足りなく、淋しく感じるのだ。

杢太郎は数年間医学堂で日本人と中国人の学生を相手に医学を教え、かたわら病院で治療にあたり、日本人のほか多勢の中国人またはロシア人の患者に接した。また満洲、朝鮮において、文化のない状況とはどんなものか、人々がどのように貧しさに耐えているかも見た。これは彼にとってどれほどか大きく重い体験であったろうし、欧米を知る前にこのようにして中国を知ったことの意味は決して小さくなかったはずである。ずっと東京で暮らしていたならとうてい獲得できないものを、彼は満洲で得たといえる。

大正十（一九二一）年五月二十六日、もうすぐ三十六歳になろうとする木下杢太郎は、留学のため横浜から船に乗り、まずアメリカに向けて出発した。一年待てば満鉄から費用を出してもらっての留学も可能だったが、そうすれば満鉄に義理が生じるのが嫌だったのと、もうひとつ、すでに若くはなかったから行くなら早いほうがよいと考えたのだったろう。費用の大半は河合家から、そのほかは伊東の実家が負担した。六月九日シアトルに到着。三か月ほどアメリカ各地とキューバをまわって専門の施設などを視察し、皮膚病学と細菌学の知見を拡げ、論文や報告文を書いた。「クウバ紀行」にはこうある。

わたくしの精神的の営みには、どうも亜米利加は多大の栄養素を与へぬやうな気がしますし（工業上の知識及び趣味のないわたくしの今迄亜米利加で感心したものは、多くは移入せられた文化の一部でした）、此途方もなく大規模な常識主義《バナリテエ》から逃れ出したいと云ふ心になりましたから、此地の医学者及び植物学者が、サンチヤゴ及びタスカロザの地がわたくしの或研究に好都合であると暗示するや、わたくしの異域を喜ぶ心は、一も二もなく之に同意し、わたくしは軽軽しくもクウバ行を企てました。帰途はタスカロザを経てヌウ・ヨオクに復り着くやうにと。

わたくしはクウバで多分、亜剌比亜夜話に出て来る五色の魚のやうに、緑、紅、紫等の斑点でぎらぎらして居る人間の皮膚の疾《やまひ》をも見るでせうし、医師ドウバンの秘籍に載せられてもあるべき不思議な毒草をも採集することが出来るだらうと考へました。そしてまたきつとうまい両切にも有りつけるでせうと。

アメリカはその言語もふくめ李太郎の好みに合わなかったようである。一方キューバでは五色の皮膚病には出会わなかったが、替りに植民地風の街衢《がいく》、熱帯の植物、住宅の様式、植物園などが彼の目を楽しませた。「うまい両切」とわざわざあるのは、李太郎は満洲時代からことに香りのよい煙草を好むようになっていたからである。

その後ヨーロッパに向かい、九月にロンドン、十月にパリに入った。パリではまず三か月ほど腰を据えてフランス語を勉強した。日本通の詩人ノエル・ヌエットのほかもう一人を家庭教師に雇い、ベルリッツ・スクールにも通っての猛勉強であった。李太郎が外国語を習得する方法はいつも大体同じで、その国の人か同等に語学のできる人といっしょに自分の読みたい本や雑誌や新聞をテキストにして読んでいくやり方である。中国語のときも中国人の学生を相手に、のちに仙台にあってはイタリア語の堪能なドイツ人女性を先生にしていずれも翻訳したいと思う本を読み進みながら、中国語、イタリア語を自分のものにしている。よって勉強がたんに語学にとどまらず、その国の文化、社会情勢など広範囲に及び、読み書き会話を同時に上達させていくことができたのである。私費留学の特典で、李太郎はパリの最初の数か月間フランス語を集中的に勉強するほかは、当時パリに来ていた生涯の友人となる児島喜久雄らと美術、音楽、演劇を楽しむ毎日を送っていた。到着早々、クライスラーやティボーの生演奏を聴いているのは、ちょっと羨ましい気がする。なかなか研究にとりかからないので、医学の仲間が気を揉むほどであったらしい。ようやく医科大学の寄生物学教室に通うほか、サン・ルイ病院のサブロー教授について研究を開始する。もともとドイツ医学を学んできておりドイツ語ならよく出来たからそちらに留学すればもっと簡単だったはずだが、フランスにこだわったのは、真菌の研究ではサブローのいるパリがその中心となっていたからである。それに第一次大戦で敗れたあとのドイツで学問研究をすることに不安もあったかもしれない。杢太郎は兄賢治郎にあてた書簡（未発送）のなかで、「小生の目下攻究致して居る学問は人及び動物ニ寄生し疾患を惹起する所の植物学（バクテリヤより高等のもの、かびの如き種類）ニて、必しも皮膚病の原因と限らず、一般のものに候」と研究内容を伝えようとしている。その後リヨンの植物学研究所でランジュロン教授とともに、白癬菌類の新しい分類体系を提唱。それは師サブローの分類を超えた業績として高く評価され、後年フランス政府からレジオン・ドヌール勲章を受けるものとなった。植物自然分類法によるこの研究は、杢太郎の好きな植物学から着想を得てなされたものかもしれず、そう考えると愉しい気持にさせられる。

パリに来て半年が経たぬころ、杢太郎は兄にあてて次のような自分の考えを展開している。

小生仏国ニ来り、如何ニその人々の個人の自由、個性の尊重、学問芸術の愛、殊ニ真理及び人間味の倫理（孰れも希臘系の伝統のものニて、東洋風とは異る）ニ対する熱望あるかを見、驚嘆仕候　そして小生も一個自由なる市民として一個の純然たる学問ニ従事するの決心を致し候

しかしもう少し経つと次のような感懐を洩らすようになる。与謝野夫妻にあてて書かれた「巴里より」には、リヨンで知った森鷗外の死に触れたあと、

何といつても、我我の西洋に来たのは遅過ぎました。もつと若く、世間の事を顧る必要のない学生として此処に来り、少くとも四五年居なくては欧洲文明を味ふことは出来ません。やつと此頃わたくしも仏蘭西の近時の事が解りかけたのです。もはや此冬は仏蘭西を去らなければなりません。若し夫れ其起源にまで溯らうとするには（伊太利、羅甸、希臘）浅くとも古典の研究に指を染めなくてはなりません。

支那の古代文化を研究すること無く、日本の絵画、茶道、造庭術などを論ずる西洋人があるとしても、その鑑識には我我は中中感服しません。羅甸語一つ知らないで、それで仏蘭西の文化が解ると思つたら、それこそ大それた事です。

もう十年早く西洋に来ていれば、鷗外のように大学を出たばかりの二十代のころに来ていたなら、あるいは家庭というしがらみもなく、経済的な心配もせずにもう何年かここに留まって勉強することができたなら……と杢太郎は口惜しく思うのだ。パリで書かれた詩に「リユクサンブウル公園の雀」というのがある。

ベンチにかければ雀《すずめ》が来《き》、
互《たがひ》にくつつき異《い》な眼《め》をし、
耳《みみ》こすりでも言《い》ふ如《ごと》し。
「あいつけちな奴《やつ》。あいつけちな奴《やつ》。」
残念《ざんねん》、生憎麪包《あいにくぱん》もなし。
わしが国《くに》では、なう雀《すずめ》、
足音《あしおと》がすれば逃《に》げて行《ゆ》く。

「けちな奴」というのはパンをくれないという意味ではない。「わたくしの此国に来つて感じた羞恥の念の最も大なるものは、顔色の黄褐で、挙止の粗野な事ではなかつた。寧ろ希臘―羅甸の教養を怠つて尚且泰西の文化を習得しようとした浅慮であつた」と彼が書いていることこそが当てはまる。当時に限らずヨーロッパに留学した日本人のなかで、どれだけの人が西欧文明を学ぶ際に杢太郎のように根源的に、真摯に考えたであろうか。むしろ杢太郎は稀有な例ではないのか、と思わされる。

ほぼ同じ時期に同じ期間、杢太郎の友人である齋藤茂吉もヨーロッパに私費留学している。彼は杢太郎より三歳年長で、ウィーンのあとミュンヘンで研鑽を積み、妻輝子とパリで合流、各地を旅してまわり、杢太郎より三か月ほど遅れて帰国の途についた。パリで帰国直前の杢太郎と会っていたのかどうか、このころの杢太郎の日記はいかにも慌しそうでわからない。が恐らく茂吉は、二年半の留学期間中、杢太郎が抱いたような問題意識は持たなかったのではなかろうか。

そのほか杢太郎より三歳年下で、一高で同じ岩元禎に学んだ哲学者の九鬼周造もやはり大正十年に文部省嘱託としてヨーロッパに留学しているが、九鬼男爵の後援もあったのだろう、昭和四年までの約八年という長い期間留まっており、パリの哲学界でも認められ、ハイデッガーに高く評価される業績を残している。

大正十一年十一月に杢太郎がリヨンから出した和辻哲郎への手紙には、もう少し親しく内心を打ち明けている。

それに仏蘭西へ来て新しいPerspectiveが開けた。それは羅甸(——希臘)文明だ。そして一つの文明と云ふものはかなり深く語学と結合してゐるものだと思ふから(それ故僕は漢字保存党だ)その方は門に入るまでもなく断念した。さて何が残る。結局「徽」いぢりより外は仕方がなくなる。この方だと勉強次第で世界的水準までに達することが出来る。僕も人生の半を過ぎた。そして前途の坂道が見える。もういろんな浮気もしてはゐられまいぢやないか。

日本では支那の倫理的精神に段々とさよならをしつつあるのではないでせうか。そしたら日本の倫理と云ふものは主としてカント以後の哲学的倫理学が基礎になるのでせう(?)人間の倫理の源泉は純理性的で十分でせうか。もつと実例から得る感情的感化を必要としないでせうか。十八世紀以後の西洋文明の輸入だけで、漢学を捨てたことに代るでせうか(きかい的文明は別のこと)日本でもその精神的文化を形造る為めに、泰西のもつと古い源泉からの水を直接に受け入れる必要はないでせうか。

フランスに限らずヨーロッパ文明を真に理解するためには、その古典すなわちギリシア、ローマの文明にまで遡って理解を深めねばならない。そのために必要なのはラテン語という言語の習得である。しかしそれを始めるにはもはや自分は年をとりすぎてしまった、遅すぎる、そう彼は言うのだ。「黴いぢり」、真菌の研究くらいが自分に適当なのだと。そしてそれならば「勉強次第で世界的水準まで」到達可能だからと。

かつて満洲に在ったとき杢太郎は、中国文明と較べて、日本には独自の哲学的基礎となるものがないと言い、古代日本の文化に中国から西域、インド、ペルシアへと遡ってその影響を見ようとした。日本は支流で、中国は本流だと考えたのである。そして西域、インドへの憧れを持ちながら、雲崗を含む中国内地を旅した。ヨーロッパにおいても彼はやはりその本源へと志向する。それは同時に、古典を尊重する態度となってあらわれる。このことは帰国後、彼が国字国語問題について積極的に発言していくことへと繫がっていく。

大正十二年一月リヨンを引き揚げた杢太郎は、原善一郎夫妻に同道しイタリア、エジプトを旅行。同行したのはほかに日本画家の小林古径と前田青邨、阿部次郎、児島喜久雄らであった。途中で一行と別れたあとはひとりでイタリアを旅行した。日本からの便りによって、二、三の銀行の破綻や不景気のために人心が落ち込んでいる現状を知り、自分のしている遊歴に気が咎めたり、「昔の留学生に比べるとノンキなものだ。そのうちばちが当るだらう」と自嘲気味に妻に書き送ったりしている。

このように彼が苦々しく反応する背景には、留学費用の一切を河合家と実家に負うている事実からくる引け目があったにちがいない。彼の要求するまま費用の大半を引き受けてくれていた河合家からは、パリ到着早々に李太郎の養子問題、つまり姓を太田から河合へ変更するようにと言ってきていた。結婚のときの条件と異なるのを理由に彼は頑として拒否するが、その替りとして中国旅行中の大正九年十一月に誕生していた長男正一を河合家の後継とすることを認めたのだった。兄賢治郎にあてて書かれた書簡(未発送)には、「私は始め自分の子が他姓を名乗ることなどは何とも思つてゐませんでした。然し正一が河合姓となつたといふ報知を得たとき、私の悖徳がこの子供を見てゐる間一生自分を鞭打つやうにしたのだと感じて惨然としました」と記されている。実際にも、李太郎のみならず正一にとっても、この養子問題は一生のあいだ重苦しくついてまわるものとなるのである。

八月に李太郎はストラスブウルで学会に出席したあとドイツへ向かい、ミュンヘンで関東大震災の報に接した。この震災で神田三崎町の河合家住宅に預けてあった若い頃の日記、満洲滞在中に集めた中国美術、仏教美術などの資料、ヨーロッパから送った図書資料の多くを失った。いずれ中国美術を本格的に研究し、その発展の跡もたどってみたいと計画していたのが、資料の焼失でかなわなくなったのであった。

しかしその計画の空白を埋めるべく新しい夢が李太郎のなかに芽生えつつあった。それは、彼のなかにふたたび南蛮への興味がふくらんできたことによる。きっかけとなったひとつは、大英博物館である。「倫敦通信」にも書かれているように、ヨーロッパでの第一歩をロンドンの地に踏んだ彼は、博物館の図書室に通ううち、これまで自分の書いた南蛮物の戯曲が歴史的研究の裏付けのないものであったことに気付かされ、書き直したいと思いはじめる。きっかけの二つ目は、セーヌ川沿いの通りにある一軒の古本屋である。「リユウ・ド・セイヌ」にもある通り、懇意になった古本屋の主人に日本にやって来た宣教師らの書き残したものやそれに関連する本を探してもらい、何冊かを手に入れた。そうすると十数年前の南蛮熱にはいかに史籍が不足していたかが思い知らされた。イタリアはすでに訪れたが、ピレネー山脈の向こうへはまだ行ったことがない。そこにどんな宝が隠されているかもしれない、と思う杢太郎はいつしかスペイン、ポルトガルへの旅を夢みるようになっていた。このころの日記に、「昨日始メテ bibliothèque nationale ニイツタ、ソシテ Amati ヲ写シ始メタ、極メテ幸福ニ感ジタ」と記し、三月に妻正子に送った便りには、支倉六右衛門及びそれより前に九州大名からローマへ送られた使者達にかんするヨーロッパの史料を手に入れ、毎晩夜中の三時まで読み耽っていると書かれていて、杢太郎の熱中ぶりが窺える。このような熱中ぶりはこれまでの彼の人生においてときどき見られたものだが、普通のわたしたちには理解しにくく感じられるかもしれない。「羅馬へ」という短い文章のなかで杢太郎は、自分がどのようなものにつよく心を引かれるかについて次のような分析をしている。第一は学問的興味を抱かせるもの。第二は自分の趣味にぴったり嵌ってくれる外象の与えるもの、例として梅蘭芳の芝居の美しさや肥鴨、烤肉の美味をあげている。第三は雲崗石仏寺で経験したような心身すべてにわたる飛躍と感動、瞻望《せんぼう》を与えるもの。渡欧後の彼にとって第一に属するものは菌類の研究になるが、やがては南蛮、キリシタン史研究もここに加えられてよいだろう。第二はマネからセザンヌに至る印象派の巨匠による作品だったが、第三に属するものは西洋ではまだ受け取っていないという。ところで第二に属するものには絵画のほかにパリの菓子を加えてもよさそうだ。「なんと云つても巴里の菓子はうまい」と書かれている「巴里の点心舗」という随筆には、どこそこの店のキヤスカアド、あるいはミル・フエイユ、マロン・グラセエ、あるいはモン・ブランというふうに場所と店と菓子の名が記されている。子供のころから甘いものが大好きだった杢太郎は、学生時代よく買い食いをしていたらしいが、十九歳のときの日記にも「十銭菓子をかつて夕暮白山の山の上でくつた。夕暮の寂静と食慾――俳句にもならぬ、われはわが菓子を好むが為めに屢ば自ら軽んず」と自己反省気味に記している。後年インドシナを訪問したとき、フランスの植民地であったせいだろう、「この地（ハノイ・引用者註）はパリにおけるが如く菓子がうまい」と喜んだ。しかし甘いもののほかにも食べものにかんして面白い記述がある。セエヴル陶器館を訪れ、サン・クルウの公園に憩ったとき、「トオストの麵麭は味こよく、茶は上等の印度茶を用ゐて、それには申分がなかつたが、用水が明礬を含む悪水で、折角の茶が台なしである」と、紅茶の水に苦言を呈している。また古都ストラスブウルを訪ねた際には、その地の脂肝《フォワ・グラア》のうまさを特筆し、「学問、芸術は貴いに相違ないが、良い料理は更にめでたい。（中略）麵麭《パン》、肉羹《ポツタアジュ》の極めてまづいこの土地で、ライン河のトリユイト、『手製《ア・ラ・メエゾン》』の脂肝《フォワ・グラア》は驚異であつた。フオワ・グラアは家鴨に砒石又は酒精を飲ませて作ると云ふ。多くは之にトリユツフを入る。トリユツフは豚を引いて捜させる。此地では萵苣《レッチユウ》のサラドの上に載せて出し、其外観極めて田舎びて居るが、多量に盛つてくれるのは何よりであつた」と書いているほどだ。「芸術家は凡て美食家《グルメエ》である」というような文句が恐ろしく気に入る人でもあったのである、木下杢太郎は。

ところでピレネー山脈の彼方に焦がれた杢太郎は早速スペイン語、ポルトガル語の勉強を始め、帰国までの一か月と少しのあいだ南蛮、キリシタン史の文献を求めてそれらの各地をひとりで旅してまわった。マドリイ、セビイア、リスボア、コインブラほかを訪れた文章が残されている。

杢太郎のキリシタン史研究のやり方は、その方面の専門家である岡本良知によれば、極めて組織的、徹底的であるという。重要な宣教師の業績を追求し、その資料を集め、集められなければその目録を作り、できるだけ多く（ことに書簡）を翻訳すること、これは研究の基礎といえるものだというが、杢太郎は大正年間にすでにこの方法を自分で見出し遂行しようとした数少いひとりであった。研究における着眼点の非凡さ、資料をまとめあげていく構成力、そして研究を持続していく精神の強さ、これらはキリシタン研究のみならずほかの分野でも杢太郎において顕著なものであった。すでにカビについては述べたが、のちの母斑やハンセン病にかんする研究、そして『百花譜』についてもやはり同じように言えるはずである。

先にも記したとおり、杢太郎は帰国する年の二月にセーヌ通りの古本屋で天正遣欧使節団についての本を手に入れており、三月には国立図書館でアマチを筆写する幸福を日記に書きとめるほど彼のなかにはキリシタン史への思いが熱くふくらんでいたのである。アマチというのはイタリア人で、慶長十八（一六一三）年伊達政宗が欧州へ支倉六右衛門常長を遣わした際通訳として同道し、「奥州記」を書き残したことで知られる。スペイン王の前で洗礼を受け、ローマで教皇に政宗の書翰を渡した支倉が七年間の留守の後に帰国したとき、日本はキリスト教禁止令のもとにキリシタン弾圧が一段と強まっている状態であった。彼がスペインのマドリイ市に入ったときは大雪であったが、帰ってきた故国で幽閉の身となったときにもまた雪が深かった。支倉の生年は元亀元（一五七〇）年とも二年ともいわれるが、そうならば彼はすでに五十歳くらいになっていたろう。このような歴史的経緯がわかれば、杢太郎がパリで書いた次の詩も少し理解しやすくなるだろうか。

七つ森

久《ひさ》しく七《なな》つ森《もり》の雪《ゆき》を見《み》る。
たとへ世《よ》が世《よ》なりとするも
八年苦心《はちねんくしん》の羅馬《ろおま》、
語《かた》ること一《ひと》つもなし。
無《な》きに非《あら》ず、分《わか》らなんだ。
不遇《ふぐう》はもつけの幸《さいは》ひ。
もしかして後世《こうせい》おれを
戯曲《ぎきよく》なんぞにと志《こころざ》すやつが出《で》るか知《し》れぬ。
それは大馬鹿《おほばか》。
へへんと或《あ》る日《ひ》の支倉《はせくら》がつぶやいた。

シニカルな作品だが、李太郎が留学中あるいは留学後に書いたものにはこうした傾向が強く見られる。西洋の文化や人間に出会うことによって、自分自身をふくめ日本及び日本人を相対的に眺められるようになった結果だろう。李太郎は支倉に喋らせながら、明らかにそこに自身を投影している。「語ること一つもなし」というのは、帰国のわずか二年後に失意のうちに死ななければならなかった支倉からすればそう言うしかなかっただろう。「無きに非ず、分らなんだ」というのは、これはむしろ杢太郎の声のように思われる。ギリシア・ローマの淵源を学ばずにいまの西洋文明がわかったとは言えないという彼の無念さの表出だろう。しかも支倉が日本を発ったときの年齢は四十二、三歳であり、すでにして若くはない。三十六歳でようやく留学を果たした杢太郎が、支倉に自分を重ね合わせるのに躊躇はなかったはずだ。なにより晩年の支倉の沈黙が杢太郎を物思いに誘っただろう。「六右衛門自身とても、心中に一片の熱情、一片の痛恨を蔵し、人にそれを伝ふることなく、その死と共にこれを永遠の沈黙にゆだねてしまつたことと想像せられる」と書きながら、杢太郎は深く息を吐いたにちがいない。そして「後世おれを　戯曲なんぞに……それは大馬鹿」と罵っておきながら、彼は帰国の四年後に戯曲「常長」を書いているのである。つまり彼は書けるものならいずれ書こうと思っていたのだろう。支倉が馬鹿なら、おれは大馬鹿、と。帰国後杢太郎はアマチの「奥州記」の翻訳にも手を染め、支倉にかんする二つの文章を書いている。そこに付け加えられている事実は、ローマに共に行った支倉の召仕、佐藤太郎左衛門とその妻と子は転ぶことを肯《うべな》わず寛永十七（一六四〇）年、支倉の死より十八年後、釣殺しの刑を受けたというものである。恐らく太郎左衛門の存在が戯曲の構想を決定したにちがいない。「常長」においては、久しぶりに幽閉先を尋ねてくれた太郎左衛門と二人でその上の訪欧のときのきらびやかな思い出に話を咲かせていた常長がやがて思いがけない告白をすることになっている。つまり欧州で洗礼を受けたものの、彼の真の思いはキリストにはなく、伊達家への忠誠、自らの名誉と功業にあったと打ち明け、そして難儀して帰り着いた故国の世の変わりように、なにもかもが夢であったと言うのである。いまも深くキリストに帰依している太郎左衛門はこれを聞いて驚き、嘆きながら元の主の館を去るという筋書きになっている。終りに作者その人らしい旅人が登場し、次のようにモノローグする。

わたくしにもあの人の心持は分りますよ。あの人の夢、あの人の幻、そしてまたあの人の悩、悲も、自分のもののやうに、はつきりと思ひ浮べることが出来ます。わたくしも青年時代に、役人となつて長らく欧羅巴の地に居りました。その国土の美不美、学芸の盛不盛を見るにつけても、わたくしの夢は常に祖国の未来といふことを繞つてゐました。そして久しぶりに故郷に帰り、しばらくその首都に滞留した時、わたくしの感じた所は何であつたでせうか。……いや、いや、わたくしはこの感じ、この心持をば他の人には伝へますまい。もしかすると、伝へて却つて誤解、反感、憎悪を贏《か》ち得まいものでもありませんから。
わたくしも年が四十をくだちました。夢は夢で終らせませう。わかい時に見た不可思議国の空想は、ただ時々の追懐の料《しろ》に取つとくだけのことにしませう。行《ぎやう》の世界ではわたくしは唯無害の旅行者です。祖国、人道に何物をも寄与しなかつたかはりに、又何物をも傷め害ひはしなかつた積りです。

ああ、支倉六右衛門常長君。君の心持は僕にも分る。さればこれで君の幻からもお別れしませう。

大正十三（一九二四）年八月杢太郎はマルセイユから船に乗り帰国の途につく。彼の約三年間の留学生活の総決算が、詩「七つ森」や戯曲「常長」にみられる歎き、諦めだったとは言わないが、それらは決して小さなものではなかったろう。一方わたしはここに引いた「常長」のモノローグから、帰国後一年もたたぬときに杢太郎が名古屋で行った「日本文明の未来」という講演を思い出さずにいられなかった。が、これについては次の章でとりあげることにしよう。

平成二十六（二〇一四）年春、わたしは東京国立博物館で開催中の「支倉常長像と南蛮美術——四〇〇年前の日欧交流」という展覧会を観た。「南蛮人渡来図屏風」と「世界図屏風」のほかに、イタリアで保存されている等身大の油彩画「支倉常長像」が展示されていた。これまで知っていた仙台市博物館所蔵の支倉像とは異なり、珍しい東洋の装束を忠実に写しとることを目的とした肖像画であった。仙台市のものが敬虔なクリスチャンとして少くとも威厳を感じさせるのに較べ、イタリアのものには四百年も以前、往路に一年という歳月をかけヨーロッパまで行った武士の面魂といったものが感じられない。杢太郎が見たらがっかりしたのではないかとわたしには思われた。

四　名古屋・仙台時代

木下杢太郎がパリに到着した当時、日本人の医学者は三、四人しかいなかったのが、二年半ほどのあいだに二十人に余る数に増えたと彼の手紙に記されている。医学だけでこの数であるから、ほかの分野も加えるといわゆる留学中の日本人は相当な人数になっただろう。杢太郎はヨーロッパに着くとすぐにこの留学の問題に煩わされたと書いている。以前なら西洋の知識を日本に持ち帰るだけで、また日本在来の事柄を西洋の方法によって整理し直すだけで充分だったかもしれない。やがてそのうちには世界文明という広い枠で貢献する日本人も少ないながら現われだしてはいた。しかし大多数は相変わらず「蟻の行列のやうに、西洋の卵を日本の巣に運んで帰るばかり」に見える。さて自分はどうするか。蟻になる気は端から彼の頭にはなかった。杢太郎がヨーロッパでどのような時間を過ごしたかは、前章で見てきたとおりである。

大正十三（一九二四）年九月に帰国した杢太郎は、愛知医科大学に皮膚科の教授として迎えられた。パリにいたときから帰国後の就職先について日本とのあいだでやりとりがなされており、杢太郎としては伝染病研究所で癩のバクテリオロジイ、皮膚、ミコロジイという組合せで研究を続けたかったようなのだが、結局は師の土肥慶蔵に一任するというかたちに決着した。彼の新しい職場については留学費用を負担してもらっていた河合家からもとやかく嘴を容れられてさすがにうんざりしていたのだろう。そのころ妻に出された手紙には、「おれは職業に関しては出発点が人任せだつたから、一生人まかせになつた。今度も万事土肥先生にお頼みしたから、どうなるのかこの自分にも分らぬ。（中略）何か新聞辞令があつたさうだが、そんなことをお前たちまでが本気にして騒がれては大いに迷惑だ。おれは博士にもなりたくなかつたが、親類達が欲しさうな顔をしたから、気にもいらぬ論文を出して来たのだ。おれはもうそれで帳消の積りだ。この上どこへゆけ、かしこへ出ろなどと指図（指図の暗示）などされたらおれは失敬する」とだいぶ苛立っているし、また次の手紙には、自分の就職問題にはいろいろの事情が絡みあっているから万事任せてもらいたいと書いている。親類のものは彼に開業医となることを期待していた。しかしこのとき土肥教授に一任するほかに、もうひとつ選択肢があったのは事実である。それは慶応義塾大学に行って新しく設けられることになる細菌学関係の講座を受け持つことであった。それがほぼ決まりかけていたときに土肥教授がおれに任せろと言ってきたのである。ほかにも彼の就職で骨折ってくれている先輩にたいする配慮もあったのだろう。杢太郎としてはあまり気の進まぬ名古屋へやって来ることになったのであった。

杢太郎の帰国は、当時の全国紙の新聞でも写真入りで取りあげられたが、なかでも名古屋の新聞は非常に大きく扱っており、街をあげて彼に期待していた様子が窺える。ただこれまでその足跡を辿ってきてもわかるとおり、杢太郎という人はある意味たいへん生硬で、不器用な人である。おまけに満洲時代と欧米留学の期間をあわせれば約八年ものあいだ日本を離れて生活していたことになり、この事実は侮れない。また職場が東京ではなく、彼にとっては一地方である名古屋だったのも、この都市との溝を深める一因となっただろう。名古屋に暮らしてもいまだに杢太郎の心はヨーロッパの地を彷徨しているかのようで、東京の他に自分には意中の愛人が出来たと言い、「愛人はその名をパリと呼ぶ」と書いたりしているのを読めば、期待が大きかっただけに、名古屋の人々が失望したのは当然と思われる。

医科大学で杢太郎は、患者を診る臨床医として働くほか医学の研究、学生への教授を行った。学生への講義は、本人も「苦い義務」と書いているが下手だったらしい。名物教授だった彼を学生が観察したところによると、医者はふつう早足で歩くが、杢太郎はステッキで芝生をつついたり、雲を見上げたり、なにか考えながら歩く。歩くのを楽しんでいるふうで、これは理科系でなく文科系の先生の特徴にあてはまるものだったという。

ヨーロッパ帰りの著名な文人、医学者として杢太郎は名古屋でさまざまな会合に招かれたようだが、そのなかに大正十四年七月名古屋銀行倶楽部晩餐会席上で行われた講演がある。「日本文明の未来」と題されたその長く固苦しい話が、銀行クラブ主催の晩餐会にふさわしかったかどうかは別として、ここでちょっと前章の戯曲「常長」のところで引いたモノローグを思い出してほしい。そこには作者のこのような嘆息が聴かれたのである。……ヨーロッパの地にあって「わたくしの夢は常に祖国の未来といふことを繞つてゐました。そして久しぶりに故郷に帰り、しばらくその首都に滞留した時、わたくしの感じた所は何であつたでせうか」……このあと彼は、感じたことはしかし人には言わないでおこう、わかってもらえないかもしれないから、と呟くのである。が、この講演記録を読むと、杢太郎がそのとき感じ考えたであろう所がどの程度にしろたしかに伝わってくる。講演の概略はこうである。古代において日本は、中国文明及びインドの仏教的文明の根本精神をとり入れ、ついで制度文物を模すというやり方で巧みに消化し日本文明としてきた。一方西洋文明との出会いは一五四九年のザビエルの来日に始まるといってよいが、鎖国のあとはわずかにオランダとの通商に限定されたためカトリック文明ではなく、主に自然科学的文明がとり入れられることになった。明治になって政府は西洋文明を一挙に輸入しようとしたが、進歩・能率を重視する余り、その根本精神まで学ぼうとはせず、自国に必要と思われるものだけを手っ取り早く多少の修正を加えとり入れていったのである。能率主義、実利主義、間に合せ主義がはびこり、それらに安っぽい「文化」というラベルが貼られていった。しかし日本固有の文明を建設するためにわれわれがやらなければならないのは、迂遠にみえても物の淵源に遡って研究すること、即ちヨーロッパ文明の古典の研究、そして中国文明の古典の見直しをすることである。真の独創性はそこから生まれる。そして以上の話に具体性を持たせるため、古典に関係する例として文部省の新仮名遣案、国字国語問題やフランスの中学校におけるラテン語教育の問題などがあげられている。杢太郎は中国に在るときも欧米に在るときも、常に日本のことを相対的に考えずにはいられなかった。向後日本はどうあるべきか、どういう方向に進むべきか、が彼の頭から離れなかった。この点は森鷗外と似ている。そして帰国後一年と経たないときに求められた講演の場で、これまで培われてきた彼の考えが開陳されたわけである。「日本文明の未来」で述べた意見を、杢太郎は機会ある毎に一生涯述べつづけた。彼の基本的考えは少しずつ奥行きを深め拡がりも増して豊かになっていったが、揺るがなかったのである。

医科大学の勤務を終えて自宅に帰った杢太郎は、夜の時間を勉強、読書、執筆にあてていたが、この時間割りも終生変わらなかった。日中は太田正雄として働き、夜は木下杢太郎として働く。名古屋ではメモ、日記をもとに「支那南北記」のほかスペイン、ポルトガルの旅行記が書かれ、多数の随筆、そして「古都のまぼろし」「口腹の小説」「安土城記」の三篇の小説が書かれた。このうち「口腹の小説」と題されたものは未完成だったせいか、他の二篇が収録された『厥後集《けつごしゅう》』（大正十五年）という小説集には入れられず、『雪櫚集』（昭和九年）という随筆集に註を附して収められた。その註には、「この小説は後まだほぼ同じ長さの続が有る筈であった。一日所用が有つて名古屋から東京に上る時、汽車の中で、いつもは見ぬ時事新報を買つて読んだ。すると一批評家が（多分堀木克三氏であつたと思ふ）口ぎたなくこの小説を罵倒してゐた。僕は小説などを書くからこんな不快な目に会ふのだと思ひ、稿を続くるのを廃めたのであつた」と記されている。野田宇太郎がのちに確かめたところ、このとき堀木克三は作品を読まずに悪口を書いたのだそうである。早稲田を出たばかりの彼は、早稲田自然主義派が目の敵にしていた杢太郎だからという理由だけでそうしたのだという。結局杢太郎は、その後は「安土城記」という作品ひとつを書いて、小説はやめてしまった。むろん、もう不快な目に会いたくないからやめたのではなかろう。彼を創作に駆り立てるものが、内側から熱く燃えるものが乏しくなったということなのだろう。大正十五（一九二六）年九月に書かれた「桐下亭随筆」にはそんな彼の苦々しい胸中を物語る次のような文章がある。

樹上の猿は行人の懐より石を取つて抛つを見て、わが胸の毛を摑みぬくといふ。一ころ「自然主義」がはやつて自己告白の小説が行はれたとき、多くの青年が下宿屋の月末病を告白するを見て、予はその話を想起したことがあつた。今や則ち、予も亦内に何物もなくして胸の毛をむしる猿となつた。

名古屋では、杢太郎は俳諧に目覚めている。「桐下亭随筆」にも、彼の病中届いた本のなかに芭蕉全集があったのでこの詩形と親しむようになったと書かれている。ここで病中というのは大正十五年二月から三月にかけて虫垂炎のために休養及び入院を余儀なくされていたのを指す。そんな彼を慰めたのが俳諧であった。発句を試してみたらば、それがなかなか好い催眠剤となったとも言っている。

「俳諧は予は往年埃及旅行中阿部次郎君にその規則を教はつたことがある。病後は此地の国文学の巨匠石田元季君に就いて再び手ほどきをして貰つた」とある。

病中の三月、突然彼に次兄圓三の自裁の知らせがもたらされる。震災後、帝都復興局土木部長であった兄に復興事業をめぐる疑獄事件が持ちあがり、さらにあらぬ噂までたてられ、神経衰弱になった末に自ら命を絶ったのであった。入院中で体調がすぐれないときでもあったし、気質もよく似たいちばん仲の良い兄でもあったから、杢太郎の悲しみ、嘆き、落胆は非常に大きかった。亡兄の死を悼んで書かれた小詩集「春のおち葉」には、彼の抑えても抑えきれない心情が滲み出ている。

序詩

春《はる》にして細葉冬青《もち》の枯葉《かれは》の
色紅《いろあか》く、音《おと》も無《な》く散《ち》りゆくは
秋《あき》の落葉《おちば》に比《ひ》して
さみしきかなや、ひとしほ。

×

草《くさ》の芽《め》に落葉《おちば》や雨《あめ》のしめやかさ。

もちという木は常緑樹であるから、春の季節に葉を落とす。それはふつうの秋の落葉に較べ、いっそうの寂しさをそそると言える。兄の死をもちの落葉に重ねたこの詩のなかの悲しみは抑制されているが、たとえば「四月十七日夜」などには次のような一節がある。

外《そと》に仇《あだ》はなく、手《て》の挙《あ》げばもない。
苛《さいな》まれた心《こころ》がただ身《み》を責《せ》む。
春《しゅんとうかぜつめた》 燈風冷く、
滂沱《ぼうだ》たり、ただ涙《なみだ》。

このあと長く兄の自裁は彼の心に傷を残す。杢太郎自身若いころから自殺願望、神経衰弱、赤面恐怖の資質が顕著であったから、なおのこと精神的に参っただろうと思われる。

六月にはこじれてしまった虫垂炎の手術が改めて行われ、また一か月入院した。重症になっていたため、大手術だったそうである。八月に病後の休養を伊豆伊東でとっていたときに、杢太郎のもとへ東北帝国大学医学部部長が尋ねてくる。土肥慶蔵が停年で東大を退官、その後任を東北大の遠山郁三が受けたので、遠山教授のあとに杢太郎が招聘されたのであった。東京についで重要と言われる東北のポストを杢太郎が得たのは、土肥教授の意志にほかならなかったが、一方で彼の努力と研鑽が認められたと受け取ってよいだろう。

十月、東北帝国大学医学部教授に転任。皮膚病梅毒学講座を担当した。東北大には以前から杢太郎と親しかった人々が幾人もおり、全体に和気藹藹とした雰囲気があったから、名古屋のときのような居心地の悪さは感じないですんだはずである。到着早々小宮豊隆を中心とする俳諧の仲間に加わり研究と実作をするほか、学生のころから変わらず親しかった友人児島喜久雄や勝本正晃らといっしょに絵を描いたり、またイタリア語の出来るドイツ人女性を家庭教師に雇い、イタリア語で書かれたキリシタン文献も読みはじめている。「仙台から」という随筆には、「さういふ今夜は実に愉快なことがあつた。それは千五百八十六年、羅馬板のギドオ・グワルチエリイの

『日本使節羅馬到著記』を読み始めたことだ」とわざわざ記され、また「五城雁信」には仙台という街について「静かといふ点では此都会は誂へ向きである。寂しいけれども退屈ではない」と感想を述べている。

この街は杢太郎の気に入ったようである。ただ最初の数年間はやはり亡兄のことが彼の頭から離れず、悩ましげであるのは致し方がない。日記には痛々しいほど意気地のない彼の姿が散見できるが、わたしが本書の冒頭で触れた「奥の都」という小詩集が書かれたのがちょうどこのころになる。杢太郎の詩を読みはじめたわたしが最初に引きつけられたのが、重苦しい疲労と悲しみのなかから彼が北国の自然や人々に目を向け、その視線の先に自らの生を静かに探ろうとする時期のものであったのだ。あとになってそれに気づき、わたしは「奥の都」を始め、仙台で書かれた随筆の多くに心を揺さぶられたわけが得心できる気がした。

なにより彼はこの北国の街に来てすぐの九月十月にこう呟いているではないか。

大けたで、さくらたで、みぞそば、それぞれに美しい。蕈《きのこ》売が鼠たけといふものを売り歩く（九月半）。紫蘇の枝を張り、葉を繁らした姿もなかなか馬鹿には出来ない。金《かな》むぐらの花など、この地に来て始めて気が付いた。この市《まち》には紫苑が多い。家の庭にも名を知らぬ一種の蘭花植物が紫の花を着けた。栗が落ち始める（九月末）。木犀がにほひ出す。夜夜は桔槹《けつこう》の音やうやく耳に入り来る。（大正十五年十月。）

ほぼ手つかずの自然を前にして、杢太郎持ち前の植物への愛が全開したのではないかと思わせる。ふつう人が見過ごしてしまう名前も知れない雑草の類いまで、彼はひとつひとつ諳んじていてその色、形、生命を愛しむのである。仙台へ来て四度目の春を迎えたときの随筆「晩春初夏」には「苔竜胆」という愛らしい一文がある。

山からこけりんだうを二株三株こいて来て、夕方家に帰るに、花は既に懐のうちに眠り、鉢に移しても、次の日は曇、また次の日は雨で、目のあかぬ雀の子のやうに、三つの花堅く寄り添つてゐた。あす日でも晴れたら眼を開かうか。そしたら、おや、すつかり景色が変つてゐるとでも言はうか。

ルナールの『博物誌』を思い出させてくれそうな文章だが、こんな詩もある。「ゆき柳」から。

おや春の暮、ゆき柳、
時計の竜頭を巻く蛙、

これから咲く桃、散る桜、
蟻の吹き出すかるめ糖、
世間頗る多事である。

蛙の鳴き声を時計の竜頭を巻く音に例え、蟻の巣の上に盛りあがった土まんじゅうをカルメ糖に例える彼の耳と目は、世の中のことはさておき、自然をなんとよく観察し、そして娯しむことを知っているだろう。「秋暑漫筆」にはこのような言葉がある。

夏が何、秋が何、牡丹の次ぎに芍薬、つつじまた紫陽花《あぢさゐ》、栗の花（雨雲や栗の花落つ一しきり）に五月雨（いくたびか寝なほす犬やさつき雨）、そのうち山牛旁は黒い実となり、雀の子が屋根から飛び出し、土用のあとが立秋、百日紅、水ひき、それぞれにあはただしい。わが十坪の庭は万事が去年の如くである。（後略）

蘇東坡を気取るのではないが、謫居窮僻、井底に在るが如く、杳として京洛のおとづれを知らない。わが春夏秋冬は十坪の庭か電車からみられる人の家の樹に在る。わかい人がどこにどういふ女《むすめ》が在るかを知るが如くに、僕は日日の道のかたはらのどの門に木瓜《ぼけ》が有り、雪柳が有り、梓《あづさ》が有るかを暗じてゐる。取り分け趣の有るのは樫の花だ。これは県庁の庭に在る。また一種のアカシヤ属の樹である。その名はまだ尋ねあてない。初夏新芽から葉になる姿が可憐であるが、八月の末には房房と白花が開き、九月には小さい荳形の実を結んだ。

これを読むと杢太郎の晩年の大作『百花譜』の世界がそのままここに在るのがわかる。そして俳諧のような短詩型が彼に馴染んできているのも頷ける。

『百花譜』とは別に、杢太郎には「昆虫譜」とでも名づけたい小規模の昆虫の絵があるが、その他にも仙台ではキノコばかり二十六枚もの水彩画を残している。昭和七年には仙台権現森で、翌八年には黒川郡大衡村などで学生たちとキノコ狩りを実施、後者については随筆「自春渉秋記」に詳しく記しているが、毒キノコの一種を探し出し毒の成分を医療の研究に役立てる目的のものだったという。やがて同行した若い学士がその目的を達したそうである。キノコの絵はしごくあっさりと仕上げられているけれども、採集したそれらをひとつひとつ紙に写している杢太郎の楽しげな様子が目に見える気がする。またキノコ狩りがいかに興深いかを、彼ならこんなふうに記すのである。

（前略）美しい紅色のべにたけ、蛸の肢の如くからみ立つにがくりたけ、朽木の上に赤豆と並ぶまめほこりたけ、とりどりに姿がある。何か知らぬ巨木の旧い切株に数種の蕈（猿の腰掛、西行笠、奈良茸《ならだけ》、朱茸《しゅだけ》）の簇生するは好箇の小博物館である。截り倒した木に雲茸《くもだけ》の密生するは古屛風の瓦、甍のうねりの如く、亦甚だ図案的である。その傍に、それに似てやや異る別種が生えてゐる。狐の茶嚢《ぶくろ》とか土栗《つちぐり》とかの種類は器官たるの属性があまりはつきりと現はれてゐて、却つて滑稽の感を与へる。殊に稀に見出された茶台ごけの或種は、小さい盌《わん》に飴玉を盛り、全く精巧な玩具の如く、是れが天然の生物《いきもの》だとはとても考へられない位である。ああ人の作る芸術品は之を獲るに百金千金を要すべく、天工の微妙は半日の閑を以て飽味することが出来る。

木下杢太郎が仙台で過ごした大正十五（一九二六）年秋から昭和十二（一九三七）年春までは、金融恐慌の影響を受けて経済、社会に暗い影が落ちはじめたころである。昭和二年に日本の第一次山東出兵、六年に満洲事変、八年に国際連盟脱退、十一年に二・二六事件が起き、十二年に日中戦争が始まる。そんななか昭和六年、九年と東北地方は冷害、大凶作に見舞われ、農村の疲弊は極まった。衛生状態の悪化も懸念されたため、日本赤十字社は交通不便な村落の巡回診療を計画した。東北大学の皮膚科も協力し、杢太郎は学生らを伴い二十箇村を回った。そのときの記録をもとに書かれたのが「僻郡記」と「続僻郡記」（未発表）である。これらは東北僻地の診療記録にはちがいないが、ただ漫然と僻地で子供や病人を診たというだけではとうてい書かれえないものである。それらは彼の紀行文を思い起こさせる。たとえばかつて万里の長城を訪れたときその城壁について、その土木について、煉瓦の寸法から煉瓦と煉瓦の結合法まで調べてしまった彼ならではの文章といえる。つまり、事実を数字も含め知識として持つ一方で、自分の目で見、感じ、考えたところを着実に積み重ねていくというやり方である。

東北の農民について書かれているところを少しまとめてみよう。彼らのなかには田地をほんとうの値の半分ほどの金額で売ってしまった挙句、買い戻せないものが増えている。東北地方における農家の負債は全国一で、その貸付利率も高いのに、少し金廻りがよいと浪費してしまう。寒いときには日中でも雨戸を閉じているのは障子がないせいで、家の中は薄暗い。また家の半数以上が陰湿の地に建っている。一家に二室ないし三室あるところが多く、一室は納戸で家族の寝具が敷き放しになっており、二室は囲炉裏のある台所兼居間である。畳は囲炉裏のまわりに二、三枚、あとはたいてい板の間で、納戸の一人当りの専有面積は畳二枚分ほどというのがもっとも多い。職業は農業のほか日雇、炭焼、馬車輓、養蚕業、木挽、漁業などさまざまである。冷害よりも繭の値が下がったほうが打撃だったともいう。生糸の値が良いと言えば桑畑を作り蚕業を盛んにするが、繭の値が下がったとなると桑はたちまち切り倒されたそうだ。炭焼については炭一俵の値段が地域によって異なること、雪なだれの怖ろしさにも触れられている。木樵や炭焼の仕事は自然環境の厳しさに比例して危険で、悲劇も多くある。吹雪の山道を馬橇に乗って廻診に行くという直接の体験が彼にこう呟かせる。

（前略）余は満洲に居た時、あの山東の苦力《クリイ》といはるる幾千の人々の心の訴へが文学の形で他の人に漏らされてゐないことを痛ましく思つたことが有つたが、我邦の僻郡の炭焼も亦此例に外れるものではなかつた。平安朝以来、文学は主として都会人のいはば余裕の有る心の動静を写す具となつた。所謂自然主義文学としても同様である。長塚節氏の小説「土」は農村の文学の傑作として、蓋し我邦に在つて未曾有のものである。

またある一日は赤湯というところで岡本迦生、結城哀草果に会って歓談したことが記され、哀草果の『村里生活記』は山村の禽獣草木の生命が芸術作品となっているとして、長塚節の「土」以来の書物であると褒めている。

診察のあとは村の人々といろいろ話をかわしているが、そのときに聞いた熊の話が書きとめられており、どれも具体的で面白い。そのひとつは熊に顔の皮を剝がされた老婆の話である。薪を背負い山を下りてくると、道に黒い毛皮の襟巻のようなものが落ちていた。近づくと動き出したので彼女は杖で散々に打ちのめした。よく見るとそれは幼い仔熊で、呆気なく死んでしまった。

するとどこからか大熊が来て仔熊をくわえて運び去った。老婆は好奇心に駆られるままなおそこに佇んでいたら、戻ってきた大熊がやにわに彼女を襲って倒し、肩にかみつき爪でその面皮を剝いだ。目と口を残し顔中を真赤にした老婆は歩いて山を下ったが、生命に別状はなかったということである。まるで柳田国男の世界に足を踏み入れたような気にさせられる話である。

「僻郡記」は次のような杢太郎の深い感懐をもって終っている。

余は東北に移り住んで既に九年を経過した。そしてこの県の田園の生活に就いて何等知る所が無かつた。近ごろ機会有つて、親しく、村邑の人の近づくに従つて、ユマニテエといふものは、富人の金の間に寄食する大都の人の裡よりも、寧ろ直接地のものを人のものにする農夫の間に、一層はつきりと認められ、一層たしかに摑まれるのでは無いかと思ふやうになつた。熊の話をした炉辺の一翁は、なほ動物の情の濃かなことを語り継いだ。そして、この近くの部落から出でて、嘗て定期刊行物の上で其名を喧伝せられた一女史の事に言及した。其女史、郎君と別れてのち幾年ぶりかで父母の家に帰省した。翁の曰く、この帰省は決して孝の道を経て来たものでは有るまい。動物とも共通な感情のはたらきに由るものであらう。是れが「自然主義」といふものであらうと。

この自然主義といふ言葉は、我々の耳に奇に響いたのみならず、炉辺に集つた凡ての人——

手伝の女教師、学校の小使、茶を汲む婢女までをも笑はした。
近い山がひえびえとした夕日を反射し始めた。われわれはこの平和の雰囲気に裹《つつ》まれた村落を辞し去つた。

東京やパリのような都会を好み、愛人とさえ呼んだ杢太郎ではあったが、このとき彼にはわかったのではないか。少くともわかりかけていたのではないか。地を這って生きる人々について、「地のものを人のものにする」生業に就く人々について、彼はユマニテエというものを感じるようになったと告白しているように。「僻郡記」にはユマニテエという言葉がもう一箇所使われている。それは、田園の禽獣草木や人々の素朴な暮らしに接し、「何か近づきやすいユマニテエといふものを感ずるやうになつた」と書かれているところである。かつて中国内地を旅行した際、人々の現実の生活を旅行者の物好きな目で見ることが物足りなく恥かしく思われた、と反省の言葉を杢太郎が日記に留めていたことはすでに書いたとおりである。そのときから十年以上が経ち、東北の僻村を旅行ではなく診療して廻った彼が、村人やその生活をもはや物好きな目で見ることもなければ、自分を恥かしくも思っていないのは確かだ。むしろ考えていたよりも村人たちの生と自分の生とのあいだに差違がないことに気づいて驚いた、というほうが当っているだろう。彼の言うユマニテエであるが、これを日本語になおすのはわたしには難しく思われる。せいぜい文脈のなかで読みとっていくほかない気がする。

東北大学にいた十年半ほどのあいだに、李太郎はハンセン病の病原菌を動物に接種する実験にいち速くとり組んでいる。これはハンセン病患者の血液や患部などから得た菌を培養し、それを生体に接種してハンセン病が起こることを証明するためのもので、主として生体に鶏を選び、接種を始めたのである。この実験はのちに彼が東京大学へ移ってからもずっと伝染病研究所で続けられた。李太郎らは血清を頒けてもらうために日本各地の療養所を廻っている。ハンセン病がたやすく伝染する病気でないことは、李太郎にはこれまで見てきた事例からよくわかっていた。患者やその家族だけでなく、世の中全体にハンセン病について正しい知識を拡めるためにも、まずしなければならないのは動物接種に成功し、化学的治療法を見つけることだと彼は考えたのである。

昭和五（一九三〇）年十二月に李太郎はバンコクで開かれた国際連盟癩委員会、翌年一月マニラにおけるレオナルド・ウッド記念基金の二つの国際癩会議に出席。終了後広東近くの石龍のハンセン病院を見学し、二月に帰国した。タイ、フィリピン、マカオなどではキリスト教の宣教師が多くハンセン病患者の救済にあたっており、そのひとつ石龍で見学したのはイエズス会の宣教師の熱意と努力によって設立されたものであった。そのときの院長は三代目のマルシニィ師で、李太郎は彼から温かく迎えられた。病院には五百人の患者がいるが、医師はおらず、ただ傷の手当をしてやるくらいだという。それでも患者たちは温順で静かな生活を送っているのがわかるのである。マルシニィ師は患者を見廻ったあとにことさら衣服を改めるでもなく、消毒薬で手を洗うでもなく、ただ水道水で洗っただけであった。日本では医師、看護婦ともに頭から足まで専用の衣服を身につけて診察にあたり、患者の座った椅子や支払ったお金まで消毒したりしているというのに。杢太郎も師に倣って水道水で手を洗った。そしてこのように記している。癩菌は結核菌同様温熱には弱いが消毒薬（石炭酸水や昇汞水《しょうこうすい》）ではまず死なないものだし、接触性の伝染をするけれども、小児期はともかく成人には容易に感染するものではない、と。経験から得られた事実は信頼するに足るものだ。無闇に怖れる必要はなかった。午餐に招待され、引きとめられて尽きることのない話をした帰り、杢太郎はマルシニィ師の穏やかな人柄と質素でありながら豊かなその日常生活に触れ、気持が明るくなり、一種宗教的な感情に満たされるようだったと書き留めている。ちなみに杢太郎は生涯いかなる宗教にも属さなかったが、子供のころからの姉たちの影響もあったし（三姉たけはクリスチャンである）、その後はキリシタン史の研究に熱中しているくらいであるから、キリスト教には特別な親愛を抱いていたはずである。石龍での体験は、ハンセン病に向き合う彼の今後の意識に決して小さくはない影響を及ぼしたのは間違いない。それはのちのちまで彼がここで得た感銘を学生たちに語っているからである。

昭和七年には学会などの用で長春、奉天へ、九年には南京で開かれた熱帯医学会に出席するなど、海外での学会に気軽に参加しているのは、もともと杢太郎が旅行好きであり、外国語がよく出来たことにもよるだろう。杢太郎の長男である河合正一は「父と息子」という追悼文のなかで、「父と一緒に旅したのは余り多くない。然し、それだけ素晴らしい事であつた。旅に出ると父は人が変つた。それは小さい私の眼にも分つた。（中略）近年も毎年の様に外地に出立つ時の陽気さ、帰つた時の賑やかさ——そしてそれは二三日でまた元の書斎に消えてなくなつてしまふものであつた。写真を眺めてゐると最もにこやかな貌は外国人と共に撮つたもの又は旅で殊に外地のに現はれる。それから友人とのものに。然し後者には幾らかメランコリイが現はれる。そして家では固定した顔、時には所謂グリマッスに置換へられる」

長男正一の観察は、著作や外側からは窺えない、家族にしかわからない父親としての杢太郎の姿を教えてくれるもので、非常に興味深く思われる。杢太郎と正子には留学前に生まれた長男正一のほか、帰国後の名古屋で次男元吉が生まれ、仙台で昭子、和子、寧子と三人の娘が誕生していた。五人の子供のうち正一だけが弟妹と年齢が離れており、また姓も太田ではなく、河合を名乗っていた。そして彼が幼児のときには杢太郎は留学中であったから父親を知らずに成長したところ、ある日突然母親と自分のもとへ父親を名乗るこわい人が帰ってきたのだった、抵抗感があった、と彼は書いている。一方杢太郎は帰国後妻と長男といっしょに暮らすようになって数年間というもの、まるで他人の家の中にいるようだと洩らしていて、お互いに気拙くぎくしゃくした関係が続いたようである。しかしふつうならそこから両者が歩み寄って少しずつ父子の関係が築かれていくはずであるが、杢太郎の場合には長男を自分の留学費用の代償として養子に出したという負い目があり、「私の悖徳がこの子供を見てゐる間一生自分を鞭打つ」と書いたとおりになってしまったのかもしれない。「表現された父の愛情といふものを知らなかつた」と書いた正一も頑なにならざるを得ず、二人は身動きがとれなくなってしまったのだろう。他の子供たちは厳しい父親だったとは言っているものの、長男の場合とは明らかに違ったようである。ただ家庭の団欒というものは、杢太郎が時間を惜しんでする勉強によって犠牲にされた。固苦しい食事が済むと、父はそそくさと書斎に姿を消した。「私は父程勉強した人を余り知らない」と正一はまた書いている。

例えば森鷗外は長男於菟、そして茉莉と杏奴という二人の娘によって充分に書き尽されているように子供たちをたいへん可愛がった。漱石は妻と次男伸六によっても語られているが彼の随筆を読むと、まるで余所の子を見るように自分の子供を観察しているところがあって筆致は客観的で面白いが、それが愛情表現といえばいえなくもない。ところが杢太郎の場合は子供に向き合うときに、ことに長男に対するときに年長者が持つ余裕というようなものが感じられない。それどころかどこか思いつめたようなところさえ感じさせるのだ。

家庭のなかがこんなふうであれば、旅に出た杢太郎が「人が変った」ように生き生きと見えたのは当然だろう。随筆「柴扉春秋」にはこう記されている。

それだ、それだ、その孤独であり、その自由であつた。一日の外出にも行先を告げねばならぬやうな、そんな窮屈なものではない――

かなり久しい間忘れては居たが、自分には放浪性が有つた。(中略)学生時代でさへ得られなかつたこの放逸が、宮づとめの今得られやう筈はない。

宮づとめと文芸を併行してやっていたのは森鷗外がそうである。鷗外においては官吏としての道と文芸の道は矛盾するものではなかった。それら二つは鷗外のつよい意志によってバランスを保たれていたのであった。それゆえ鷗外は両頭の蛇ではなかったと杢太郎は言うのだが、彼自身も満洲において今や真個の一頭となったと言っていたはずだった。杢太郎の足跡をたどってきて、表面上はなるほど医学に専念しているように見える。しかし内実はどうであったか。あるとき、訪ねてきた澤柳大五郎から鷗外より杢太郎のほうがよほど両頭の蛇のように見えると話を向けられた杢太郎は、鷗外という人はもしこの人が悪党になったなら大悪党になったろうと思わせるようなところがあった、と話を逸らせてしまったそうである。ならば杢太郎は大悪党にはなれない人だったと言ってよいかもしれない。『鷗外その側面』という著作もある中野重治は、鷗外の評伝中いちばんよくまとまり、いちばん深いところまで捉えているのは、木下杢太郎の「森鷗外」だと言う。長さからいえば短いものである。今やどれほどの鷗外論が世にあるものかわたしは知らないが、杢太郎のそれは対象にふさわしい文章の簡勁さと内容の深みとを備えていて、褪せることのない輝きを持つものであると信じる。

森鷗外は謂はばテエベス百門の大都である。東門を入つても西門を窮め難く、百家おのおの其一両門を視て而して他の九十八九門を遺し去るのである。

この有名な「余論」の冒頭の文章は、森鷗外という人の大きさ、その捉え難さをじつに巧みな比喩で表現している。

鷗外の気質、鷗外の人格に就いては、直接間接に鷗外を識る者は皆既に之を知つてゐる。又鷗外全集を繙けば、忽ちに其芬香に浴することが出来る。（中略）鷗外は武士道を材とする多くの小説を書いたが、自身にもそのかたぎが有つた。規矩とrésignationとがその一面である。

われわれから見ると、鷗外は休息無き一生涯の間にあれだけの為事をした。自分でも満足としたであらうと思ふ。それにも拘らずその随筆、創作の到る処に、悲哀に似る一種の気分を感ずるは何の故であるか。

杢太郎はこの論考を書くにあたり鷗外全集十八巻を再読したが、「読み了つて心中に寂寥の情緒の湧起するを防ぐ能はなかつたのは」自分も年をとったからだろうか、それとも生来怯弱な心が過去をふり返ることによって傷つけられたせいだろうか、と再び問いかけるのである。

さらに「鷗外文献」のなかで、杢太郎は鷗外の作品に感じた寂寥の背景について触れている。つまり森於菟によれば、鷗外は生涯に二度父母に従うために自己の意志を曲げたという。一つは職業を選ぶとき、二つは結婚のときである。「美と自由」をもっとも尊重した鷗外であるが、この二つの選択のときばかりは自己を抑制した。鷗外の作品を読んだあとにいつも諦めの心に似た寂しい感情が湧くのは、この自己抑制のせいではなかろうか、と杢太郎は推測する。やはり職業と配偶の選択を人任せにしたと後悔する杢太郎が、鷗外のうえに自身の寂寥を重ねてみずにはおれなかったのだろう。

杢太郎の結婚は、河合浩蔵とその後妻となった姉のきんの強い勧めによるものだったろうし、正子も父母に言われるまま同意したものと思われるが、四、五年が経ったころ正子は自分の結婚が彼女の意志の反映されない不自然なものだったと留学先の夫に手紙を書き送るようになる。それにたいし杢太郎はなるほど良くないことだったと認め、「小生も仏蘭西に来てから思想が大に変つて、人生の根本義は道徳にあると思ふやうになつてゐる」と言い、西洋の倫理に照らしても悪いことをしたと後悔していると応える。そして倫理の根本義は個人の心の自由が基本となるべきものだから、天理教を信仰する妻に干渉はしないが、その替り彼の心の自由も保証されねばならないと書き送るのである。そして次の手紙では、もしも望むなら離婚もしよう。しかし太田姓のままでいるなら、即ち自分の妻である限りは、夫に絶対の服従を誓うべきだとも書いていて、絶対の服従と個人の心の自由は矛盾しないのだろうかと尋ねてみたくなる。もっとも当時の日本には、妻に絶対服従を求める夫は多くいただろう。むしろ妻に信仰の自由を認めているだけましというべきなのかもしれない。杢太郎に男尊女卑の傾向が多分にあったことは彼の娘たちが証言しているとおりであろう。それにしても彼は青年のころから与謝野晶子やグラザア夫人という非常に秀れた女性を友人として持っていたのに、またキリスト教的な思想に多分に影響を受け公正な考え方を身につけていたはずなのに、とわたしにはたいへん残念に思われる。

杢太郎は女というものをどのようにとらえていたのだろうか。四十六歳ころの随筆「それやこれや」はこのように始まる。

僕は女と話をすると気がつまる。女の話をするのも余り好かない。さう云ふことが出来たら、僕も一かどの小説家になつてゐたらう。近頃「中央公論」や「改造」で永井荷風君や谷崎潤一郎君の小説や告白録を読んだが、僕も小説家になつてゐたら、かう云ふ身を売るやうな芸をしなければならなかつたらうかと考へて、やれやれと思つた。

なかなか面白い書き出しである。永井荷風の小説は「つゆのあとさき」であろう。谷崎潤一郎の告白録は恐らく千代夫人をはさんでの潤一郎と佐藤春夫との三角関係から妻君譲渡事件までの経緯などが記されたものであろう。それらについて杢太郎は知り合いでもある二人の作家が「身を売るやうな芸」をしていると感じたのである。そして自分も小説家になっていたら……と考え「やれやれと思つた」というのである。仮りにもっと若いころの彼だったとしたら「やれやれ」では済まなかったにちがいない。大学時代の日記には帰郷中、郷里の友人のひとりが酒に酔い酌婦に戯れるのを見て、杢太郎は食べたものを戻しそうになるほど不快になり、その場から立ち去ったことが記されているからである。この潔癖さは「スバル」時代の仲間達にも知られていた。石川啄木は、創作や思想についてはよく喋る杢太郎が煽情的ゴシップなどには全く関心を示さず距離をおいていたと言い、杢太郎のいるところでは女の話をするのも控えたらしく日記に書いている。

しかし杢太郎が単なる朴念仁だったわけではない。それどころか美しいものには人一倍敏感だった。パンの会の当時全盛だった女義太夫には、多くの青年の例にもれず彼も傾倒した。ことに美貌の「昇菊、昇之助」という姉妹の太夫のうち、三味線を弾いていた姉の昇菊はすぐれて美しく、杢太郎は魅了されていたという。そして九鬼周造も昇之助より昇菊を贔屓にしたというが、やはり義太夫好きだった夏目漱石は妹の昇之助のほうを贔屓にしていたことが伝っている。杢太郎は、日記などで昇菊をChrysanthèmeと秘かに呼んでその美しさを称えており、彼女をモデルに描いた観音像を詩集『食後の唄』の挿絵にしている。またもう一人小土佐という名のかなり年増の義太夫の凄艶といった容貌をも好み、彼女をモデルに「メドゥーサの首」という絵を描き、これは『木下杢太郎詩集』の挿絵としている。若いころからの友人長田秀雄は「パンの会の思出など」のなかで、「杢太郎君は昇菊の美貌を愛したが、然しそれはたゞ美貌として愛しただけで、決して彼女に直接の交渉を有つようなことはなかつた」と言っている。たしかに美しいものにならば、それが少年であろうと、国籍の異る人であろうと、また動植物であろうと、等しく彼は心を躍らせたのだった。

注目したいことのひとつは、年上の美しい女に対したときの彼の感情の動かしかたである。たとえば次の詩。

うつたへ並序

少年の日浜町の或舞台に舞踊を見たることあり、その時かつら下地に結髪したる美しき人は我よりは遥かに年上なりしが、我心はいたく傷けられて感じたりき。

あな、面憎《つらにく》き人妻《ひとづま》や、
そしらぬ様《さま》しつと来《きた》り、
一尺前《いっしゃくまへ》に座《ざ》を占《し》めぬ。

もとより矢《や》もて、刃《やいば》もて
傷《きずつ》けざれど、その瞳《ひとみ》
翛然《せうぜん》として我《われ》を射《い》き。

そが証拠《あかし》には、わが心臓《こころ》
破《や》り砕《くだ》かれて、心音《しんのん》も
丁瑲《たうたう》として定《さだ》まらず。

かくても、彼《かれ》は身《み》じろがず、

しかるが故《ゆゑ》に罪《つみ》なしと
判《はん》じ給《たま》ふや、いかに判官《はうぐわん》。

人妻と思われる美しい女の一瞥を受け、年若い彼の心に生じた一方的な煩悶が芝居がかった「うつたへ」として吐き出されており、男の反応が特異である。

ほかに小説「硝子問屋」のなかの五、六歳らしい「わたし」が感じる問屋の若い内儀の「しなをした唇」がある。父親に連れられて河岸の横町の硝子問屋を訪れた「わたし」は、ガラスで出来たなにやかやを見せてくれる内儀が「物いふたびに表情をする」のに心を留める。そしてその顔がなぜかなつかしいものに思われ、買物が済んだあとも店を去るのが嫌で泣いて父を困らせたというのである。

美しい、あるいは懐かしい年上の女たちには、二歳のときにその傍から離された実母の当時の面影と、そして子供のころ東京から帰省する姉たちが田舎じみた自分の姿にくらべ都雅《とが》な貴婦人のように思えたという姿の、両方が重なっていたのではないかという気がする。そのような母と美しい姉のイメージは彼の記憶にとどまり、彼の頭の上にいつもあったにちがいない。十二歳で上京して以来、東京の姉たちの庇護と厳しい監視のもとで暮らしてきた杢太郎の十代を考えると、彼女らの期待する医者になるのを断るのも、勧められた結婚を断るのも出来にくかったろうと思われる。

注目したいことの二つは、杢太郎が医学者であり、医学を修めるためには必ず解剖をやらされるとすれば、女の体の解剖も彼になんらかの影響を及ぼしたにちがいないと思われる。四十一歳のときの随筆「五月の夜」のなかにこんな一節がある。

わたくしはまたわたくしの第一の幻影破滅の時代を想起した。もう二十年も昔になる。わたくしも亦幸福な夢多き青年であつた。わたくしは医学修業の途に就いた。そして美しいもの、詩的なものと思つた「女」の、或は屍体として恥もなく解剖室の冷い台の上に横はり、或は自然の迫害の為めに、或は生存の競争の損傷の為めに被つたその欠陥ある生命をば（その無気味な第一存在をば）人間を唯の有機体として観察する医師の前に曝露するのに際会した。わたくしは始めは悲しんだ。そして深い影を池の水に映す巨樹の間を徘徊したことがある。

女もしくは人間に、その外貌と生きものとしての内実のあいだに矛盾を見ずにいない杢太郎は、いまだにこの二つの面に「楽天的な一元的な解決」をつけることが出来ていないと言う。この第一の幻滅から二十年が過ぎるあいだに、恐らくその後第二第三の幻滅を経験したはずの彼は、五月のその夜いくぶんの諦めをもってホーフマンスタールの詩句を引いてみせるのである。

――「外界はさまざまの花の垣の透間から、視るのではなくして――唯想像すべきなんだ」想像するだけで済むはずがないことはむろん杢太郎にもわかっている。外界との軋轢によって生じる怒りや落胆はほとんど外へ放出されることなく内側へためこまれ、彼を傷つけ、苦い汁で内部を満たしたのであろう。その口からときたま吐き出されるとき、怒りは鋭い皮肉になったというではないか。

注目したいことの三つは、キリスト教の影響である。ヨーロッパへの留学とキリシタンの研究とから彼が学んだのは、姦淫を罪悪とし一夫一婦制を重んじるキリスト教の教義であった。長男正一の記憶によると「日本が東洋で力をもちえたのは儒教による道徳と吉利支丹によつて齎された一夫一婦の制と自然科学を取入れた事だ」と杢太郎は言っていたそうである。現に彼は結婚生活を守り通している。妻の天理教信仰の問題もあり、彼自身も気難しく妥協を許さない夫であったから、家庭が面白くなくなるのは当然だったかもしれない。彼は留学中妻に出した手紙に、子守りばかりせず本を読んで勉強するようにと言ったり、「お前はおれが世間的のえらい人になることを望むより、一体何に興味をもつてあくせくと仕事をしてゐるかが少しは分るやうになつて欲しいと思つてゐる」と書いたりしていた。昭和十一年の日記にも勤めから帰ったあと彼を迎える家庭の寂しさについて「他人の家のやぅ」と洩らしたり、「細君一日かほ見せず」と記したりしている。一方五人の子供の世話をしている妻には、また妻の言い分というものがあったはずである。

随筆「それやこれや」には、とかく現実の女たちとの交渉は煩わしい。それよりはこれまで様々な男たちが理想とする女性像を画布に描いたり、石に彫ったりしてきたものに向き合うほうがよほど自分には好ましいと書かれていた。文学でいえば森鷗外の「澀江抽斎」に出てくるお五百さんのような女がいいという。

紀行文などを読むと、旅先で見かけた風景の美しさと同様にその地における女の美しさがしばしば書きとめられている。しかし彼の気を引くのは女そのものではなく、女の美しさなのだというこことがすぐにわかる。だからたとえ日記とはいえ、こんなふうな記述があるのは例外といえよう。昭和十一年九月学会で金沢へ旅行したとき、汽車の中で読むのに『ファーブル昆虫記』ほど良いものはないと書き、欄外に地名と到着時刻を記したあとに。


黎明、雲があかるく、少雨がやんだ。庭…

もつと親しくとけあひたい自然だと思ふときに茶を運んできた細《ほそ》いをんなよ。

おこるな、僕は一瞬そのからだを感じた。


日記の実物を参看すると、この年の杢太郎の日記はM.OTA.の印が入った原稿用紙が用いられており、綴じられてもいなければ番号もふられていない、二百二十一枚の束である。ペン書きが普通なのに、この一枚は珍しく鉛筆書きで、欄外に「夏ノ季ヲ入ルベシ」とあって、日付もない。だからこの文章に書かれているようなことが果たして旅行中にあったのか、それとも創作の一場面として頭に浮かんだことをメモしたものか、断定できない。が少くともこの短い文章からはひとりの女が直接に感じられ、男としての杢太郎が感じられる。男の欲望が表現されていながら少しも猥らではない。雨あがりの自然にとけあいたいと欲した彼の気持が、そのまま女にも向けられているだけだからであろうか。

木下杢太郎の仙台時代が充実したものであったのは間違いない。キリシタン史の研究も熱心になされ、スペイン、ポルトガルの旅行記と初期日本キリシタン宗門に関する文章を集めた『えすぱにや・ぽるつがる記』のほか、『ルイス・フロイス日本書翰 一五九一年 一五九二年』の翻訳、グワルチエリ『日本遣欧使者記』の翻訳が刊行されている。そして彼のこれまでの詩業をほぼ網羅した『木下杢太郎詩集』。随筆・評論集として『雪欄集』、『芸林間歩』の二冊がこの時期にまとめられている。これらはみな、朝から夕方まで大学と病院と研究室で医学者として働いたあとの時間でなされたものである。ほかに俳諧の会、絵を描く会に出席し、昭和十二年二月からは「鷗外の会」の指導にもあたった。これは、思想問題で当局の弾圧を受けた学生たちの復学に際して始められ、杢太郎の主眼は思想の矯正というよりは、ともにすぐれた文学作品を読み話しあうことによって学生たちに広く深くものを考える力を持たせようというものであった。そこで主にとりあげられたのが鷗外の作品であったので、会がこのように呼ばれた。五月に杢太郎が東京に転任するまでのあいだ「鷗外の会」は三回開催され、杢太郎は学生たちから慕われた。その後は河野与一が指導を引き継いだが、翌年の春当局の命令によって解散させられた。

ほとんど無駄に消費された時間が見当らないこのような杢太郎の仕事ぶりは、彼が森鷗外を論じたときに、鷗外の生涯は「休無き精進」だったと言ったそのままではないかと思わせられる。ただ鷗外のそれと杢太郎のそれとは同じ「休無き精進」にしても、どこか違う気がする。杢太郎の場合は、休むことを嫌い、無為の空白の時間を怖れるかのように自分を追い込んでいるようなところが見られる。まるでなにかから逃れようとしていたかのように。なにから？　恐らく彼自身の心の怯弱さから。その怯弱さからもたらされた目の前の現実から、かもしれない。それとももう遅すぎるという気持が諦めとならず焦りとなって彼を駆り立てたのだろうか。大学に歩いていく時間まで惜しがり、家庭の団欒も顧みず仕事と勉強に没頭したというのはやはり常軌を逸していると言えそうだ。しかし、とまた考え直す。彼の関心、興味は通常の人の何倍も多方面に拡がり、それも単に少し関わってみるのではなく、いちいちに深く関わってみようとするのであったからだ。かつて詩集『食後の唄』の序の中で北原白秋はこう言っていた。「彼は比類稀な詩境の発見者であつた。だが惜しい事にはあまりにその効果を整理為ようとしなかつた。彼の逐次の新発見は殆ど目まぐるしいばかりであつた。だが彼はたゞ前へ前へと前進するばかりであつた。だから彼の背後には、常に勿体ない程複雑は複雑の儘に、美は美の儘にただ燦々爛々と取り散らされてあつた」。それから二十数年が経っても、基本的に杢太郎はこのとおりであったろう。四十八歳のときに書かれた随筆「春径独語」に次のような一節がみられる。

昔の文人の書翰などを読むと、山郡僻寂習間成懶などとのびのびと記《しる》してある。津田画伯の名を署するやしばしば懶青楓の三字を以てする。ああ懶なるかな、懶なるかな。これ青年以来予の尤も愛するものであつた。愛して求むるを得ざること、猶ほ徳の如くであつた。

そのあとに続けて「日夜忙迫迫、思を一事に潜めることが出来ず」と書かれていて、なにか彼のいる場所が胸苦しいところのように思えてならないのである。その胸苦しさは随筆や日記のなかにしばしば散見される。たとえば「風霜集」に〈埋火〉という短章がある。

夜半《よは》の寒さに埋火をかい立てて、新しい炭をも加へ、口を尖らせてふうふうと吹いた。小さい火は忽ち紅く輝くが、吹くことをやめると直ぐ厚い灰になつた。

予もまた今まで幾たび火を吹き起さうと試みたらう。然しばちばちとはね燃ゆる火焔の壮観をばついぞ身のまはりに見たことがなかつた。

寝るに限る。睡眠が愚痴から救ふ。

なんと気弱な、寂しげな杢太郎がここにはいることだろう。小宮豊隆に言わせれば、杢太郎は眉間に精悍の気が溢れ「寄らば斬るぞと言った趣」があったそうであるが、その風貌からは想像もできないほど傷つきやすく、自己呵責に喘ぐ性向の持主が浮かんでくる。「薬袋も無き事ども」のなかから短章を二つ引こう。

躬《み》のうちの他人

わかい時分には自分のうちに他人が雑つてゐるやうな気がしてしかたがなかつた。近ごろは用事が忙しくて、他人を感ずることが稀である。このごろ右の肘関節にどうしたわけか、ヒグロオムといふ腫物が出来た。鶏卵大に腫れたが、痛くはないから常は忘れてゐる。どうかした機みにそれが自分の中の他人として感ぜられる。

小庭

共同の通りであつた所に家主に籬を立てて貰つた。雪が溶けて手頃の庭が出来た。この小さい空地に好ましい草木を植ゑようと思つた。その一はあぢさひであつた。そのうち誰ともなくそこに花を植えた。石を並べた。ダリヤ、撫子、トマト、ほほづき……まるで自分の予期しない庭が出来上つてしまつた。だが僕は腹も立てまいし、咎めもしまいと云つた。「自分」のうちにさへ他人を棲ましてゐるのに、ひとり五坪の庭のことを潔くしようや。

一生のあいだに自分の裡に棲む他人というものに気づかず過ぎる人は、あるいは幸せといえるかもしれない。が、いつも自分は真正の一個でぶれることはないと言い切れる人は果してどれだけいるだろうかとも思う。日に三省四省せずにいられない杢太郎は、自分のものであって自分のものでない声を聴く人であったろう。それはたえず自己を振り返り、問うことを彼に促したであろうから、撞着や自責や苦悩に陥らざるをえなかったろう。彼の諦念はそこから生まれたといえようか。

五　東京帝国大学時代

「残響」のころ

昭和十二（一九三七）年、木下杢太郎は仙台を去って東京に戻る決意をする。五十一歳であった。以前に東北帝国大学から東京帝国大学に移った遠山郁三が停年を迎えたため、その後任に彼が請われたのである。この背景には、東北大学時代の杢太郎の医学者としての実績が正当に評価されたことのほかに、遠山教授の後任に杢太郎をという土肥教授の意志が履行されたと考えればよいだろう。杢太郎はこれまで一度も恩師の意向に背いて進路を決めることはなかった。今回もそうであった。

ただほかにも彼に決心を促した要因はいくつかあるだろう。

ひとつは、東京が杢太郎にとって特別な土地だからである。郷里の伊豆にいた幼少のころから憧れ、十代初めから三十過ぎまで華々しい青春時代を過ごした都会である。そこで生まれ育った人間よりも、彼は東京を懐かしみ愛したといえるだろう。満洲に在っても、ヨーロッパの留学から帰国するときも、東京に戻ることが彼の夢のひとつであったから。実際には彼は名古屋、仙台に暮らさねばならず、東京はときおり訪ねていく場所になってしまった。しかもその都市は関東大震災を境にすっかり変わってしまっていたのである。所用で仙台から東京に出ると、街の変貌に落胆せずにおれないのに、しばらくたってまた上京の機会ができると、彼の心はやはり期待と喜びにふくらむ。どれほど仙台が居心地のよいところであったとしても、東京という土地の持つ魔力が無くなりはしなかった。もしかしたら東京という場所を得れば、自分のなかに文芸への火が再び熾ることもあると夢想したのかもしれない。

考えられる二つ目の要因はこうである。ごく普通に見て、東京大学の皮膚科教授といえば全国のトップに昇りつめたことを意味するだろうから、名誉欲とは無縁の杢太郎ではあっても心が動いたとしたところで不思議はない。というよりそれが当り前だろうとわたしは思う。しかも自分が学んだ馴染みの深い大学である。

そのほかにも昭和十年、十一年ごろの日記を読むと、医学の仕事に一種の手詰まり感を覚えていたのではないかと想像される。「予はこの二十年の間にかなり忠実に医学に専念した。その結果は何であったか。Durchschnitsprofessor（平凡な大学教授・引用者註）――それに外ならなかったのでは無いか」（昭和十年九月）と嘆いたり、「夜々、予は考へわずらふ。この一月ばかりの精神と肉躰との空虚が、思想の針をもあちこちと廻らせた。日中は自家批評なしに、病院での仕事（中略）でいそしむ。時に新しい小道が開けて一定の快楽は有つた。然し研究の方は昨年秋あたりからかなり懈怠した。少しはしたところで、それは光彩も無い routine works に過ぎなかつた」『「楽に流されてゐないで、自ら進んで突破しろ」』といふ力弱い命令の声だ。その良心の上に立つ自己主義なら認容して差支が無い。一時の焦燥からの憤怒であつてはいけぬ」（昭和十一年一月）と反省しているなか、突破口のひとつとして東京行きの話を受けたと考えてみることもできる。

しかし決定後の三月末、東大での俸給が東北大よりも少いとわかり、気持を落ち込ませている。当初彼は家族を仙台に残し、単身赴任するつもりでいたらしい。そうすると二軒分の物入りになるわけであった。五月末に上京した杢太郎は、幾日も経たぬうちに東大医学部への失望を日記に洩らしている。即ち東大には彼より先輩の教授が多数いたなかで、土肥、遠山両教授のあとを引き継いで皮膚科学講座を担任するのは大抜擢されたということに他ならなく、杢太郎がたいへんやりにくい思いをしたのも無理はなかったのである。

六月に胆石痛で苦しむさなかの日記に杢太郎は、「ne passe pas を以て最後の結論となす。新しい境遇を以て思索の出発点となすこと」と記した。

七月には盧溝橋事件をきっかけに日中戦争が始まったが、日記にその記載はない。自分のことで手いっぱいだったのだろう。

八月には本郷西片町の家に引越す。それまで彼は駿河台の龍名館の一室で暮らしていた。長男正一が高校受験のため同居するようになる。このころからまたしばしば日記に激しい後悔の気持を書きつけている。

おれは毎日考へてゐる。文学にも随筆にもならないことを考へてゐる。東京にやつて来たのは全くおれの誤算であつた。若しそれがアムビションであつたなら、若しそれがおれのわかかつた時の幻影への誘惑であつたら、そのアンビションなり、誘惑に乗つたことなりが罰せられたのだ。

東京――凡ての大都会のやうに、それは商業主義の戦場だ。田舎の百姓が地のものから命の糧を取るやうに、ここでは人の懐から生活費を求めてゐるのだ、そしてそれはおれには出来ぬことであつた。おれはこの年になつて始めて la vie est dure と云ふことを知つた。（昭和十二年八月二十四日）

東京にすむこと既に四ヶ月に垂んとする。それで予の心は依然として戚々である。東京に来るといふ決心をつけたのが間違であつたといふ後悔らしい感じからまだ脱却することが出来ぬ。

（九月十八日）

このあと彼は自分の不満をひとつひとつ言葉にして挙げていき、最後に対策として、一、辛抱する、二、去って伝研専務となる、三、上記二つを捨て開業する、四、自由業たとえば文芸に転向する、と四つの方法を考える。しかし四つ目のものには、trop tard!（遅すぎる）と記されており、結局彼が選んだのは最初の辛抱して時間による解決を待つというものであった。二つ目の伝研云々については、九月に杢太郎は伝染病研究所所員を兼任している事実を指している。ここまで失望が大きいというのは、彼が予想していたのと現実はあまりに食い違っていたのだろう。考えが甘かったと言われても仕方がなかったろう。

先に記した彼の不平不満はすべて日記から拾いあげてきたものだったが、翌十三年からはそうした愚痴はぱったり見られなくなる。その替り律儀に記されているのが「伝研」の文字である。一月から鶏小屋の一部を借りて研究を開始、のち木造一階建ての建物を改造してハンセン病研究室とし、家鶏に人の病菌を接種する仙台で始めた実験が継続してできるようになった。つまり伝研で研究を再開したことによって、杢太郎は大学での不満を抑えこみ、元気を取り戻したのだ。谷奥喜平の「伝研の木下杢太郎」によると、毎週月曜日（時に木曜日）に省線と市電を乗り継いで杢太郎は白金台町の伝研に通ったそうである。研究室では所長や教授達と討論するほか鶏の解剖や顕微鏡標本の写生をした。「暇な時には窓外の椿、雀等を写生して楽しそうであった。訪ねてくる人もなく、研究三昧の半日を過して、『君ここは楽しいね』と言われた。その表情には、東大転任直後に『東京に来たのは男の浮気だ』と後悔しておられた頃の影もなかった」そうである。すでにパリ留学中に杢太郎が最も希望していた就職先が伝研だったのを思い起こせば、なるほどと納得できる。

杢太郎が情熱を傾けて研究を続けたハンセン病は、古くは紀元前からあって癩病と呼ばれてきたものである。一八七三年にノルウェーのハンセンが初めて癩菌を発見したあとも有効な化学療法がなく、効果が疑問視されながらも太風子油を注射したり、病者を隔離する方法がとられてきた。日本においては明治四十(一九〇七)年に「癩予防ニ関スル件」が制定され、浮浪患者の隔離、収容が開始された。昭和六(一九三一)年改正が行われ「癩予防法」が成立、すべての患者を強制的に終生隔離する方向で絶対隔離と呼ばれる政策がとられた。一九三〇年十二月と翌年一月に開催された二つの国際癩会議に杢太郎が出席したことは前の章ですでに述べたが、それらの会議での委員たちの意見に賛同し、またタイ、フィリピンなどのハンセン病施設を見学し帰国した彼は、ハンセン病制圧のためには絶対隔離よりも隔離と外来診療を並行して行ったほうが有効であるとの意見を発表した。が、これが卓見であることがわかったのはずっと後になってからで、当時のそしてその後の世の中の全体主義的な流れのなかでは、杢太郎の意見は掻き消されてしまった。しかし絶対隔離政策に伴う差別と偏見（この病にかかる人は社会から慰めを得るよりは更に多く苛責を受けている）、非人間性、社会問題（たとえば一家の柱である父親が病者である場合、彼を隔離すれば一家は路頭に迷う）を李太郎は重視し、一日も早く化学療法への道すじをつけることこそが医学者の責務であると考えたのである。とはいうものの癩菌の純粋培養も、癩菌の動物接種もどちらもたいへん困難で成功例はまだなかった。李太郎は仙台時代からずっと研究を継続し、癩の動物実験に成功したとし、昭和十五年には「七代に亘る人癩家鶏接種」を発表している。が、結果は追試により継代ができないことが判明し、失敗に終った。谷奥氏によれば李太郎は家鶏の実験について、「後世において間違いだと言われるかもしれないが、これだけらい菌動物接種実験熱を刺激したことは満足だ」と言っていたそうである。

昭和十三年に長島愛生園の女医小川正子の『小島の春』が出版されたとき、李太郎はこの病気を一般に知らしめる救癩の手記という意味で一定の評価をし、さらに彼女の詩人としての資質のあらわれた文章を褒めているが、二年後にこの作品が映画化されたときには、厳しい批判を下している。映画は、主人公の女医が村里を廻って病者を療養所に隔離するために家族と別れさせる場面を描く。治療法もないなかで生きて家族のもとに戻ってくることはまずないとわかっているから、永遠の別れに彼らは叫喚し号泣する。映画の観客も涙を流す。同情の涙を流させるその別離の悲歎は、「同時に人類の『無能』に対する絶望である」と李太郎は言う。絶対隔離は国策としてあったが、この女医の信じている隔離政策をとることが救癩の唯一の道であろうか、と疑問を投げかけ、「徹頭徹尾あきらめ」しかないこの映画にたいし、彼は次のように書くのである。

癩は不治の病であらうか。それは実際今まではさうであつた。然し今までは、此病を医療によつて治癒せしむべき十分の努力が尽されて居たとは謂へないのである。殊に我国に於ては、殆ど其方向に考慮が費されて居なかつたと謂つて可い。そして早くも不治、不可治とあきらめてしまつて居る。従つて患者の間にも、それを看護する医師の間にも、之を管理する有司の間にも感傷主義が溢れ漲つてゐるのである。

癩根絶の最上策は其化学的治療に在る。そして其事は不可能では無い。

此事は啻に「小島の春」を読み、又其動画を観て心を傷ましむる見物のみならず、亦敬虔な長い勤務に身を痛めて病の床に臥す其作者にも告げたい。ここに新しい道が有る。其開拓は困難であるが、感傷主義に萎へた心が、其企図によつて再び限り無い勇気を得るであらう。そのやうな熱烈な魂が、また此癩根絶策の正道の上にも必要であるのである。

ところで中野重治によると、映画「小島の春」について杢太郎と根本的に同じ批判を示した人にシナリオ作家であり映画監督でもあった伊丹万作がいるという。「映画評論」（昭和十六年五月号）に発表された伊丹氏の文章は、四国遍路に混じって多くのハンセン病者を間近に見ていた子供のころの記憶から書き起こされる。「癩の問題に触れることは『人生の底』に触れる意味を持つ」と彼は言い、それ故にこの病気を取りあげお涙頂戴の映画として作ったことに疑問を投げかけるのである。映画を観て泣いた人が現実の病者を見て泣くであろうか、とも言っている。但し伊丹氏が社会問題としてのハンセン病を隔離によって解決できると考えていたらしい点は、杢太郎と異なるものである。癩は不治の病ではないとする杢太郎の文章を彼が読んでいたら、なんと言ったろうかと思う。

伝研における杢太郎の動物接種の実験は太平洋戦争が激しくなって中断を余儀なくされるまで続けられたが、先に述べたように成功しなかった。

一九四一年に結核菌の治療薬だったプロミンがハンセン病に効果があることがアメリカでわかり、その後いくつかの薬剤も発見され、戦後になって治療法が確立された。しかしそのときすでに杢太郎はこの世にいなかったのである。日本においては、治療薬ができたあとも、さらにハンセン病にたいする認識の誤りが明らかになったのちも患者の隔離政策がとられ、「らい予防法」の廃止が法律となって施行されたのは平成八（一九九六）年である。もし杢太郎が生きていたなら、化学療法の確立をどんなに喜んだであろう。そして隔離政策の不用を早くに提言していたにちがいない。東京東村山にある全生園の国立ハンセン病資料館には、隔離政策に反対してきた人の一人として医学者太田正雄の写真と名前が掲示されている。

転勤のため杢太郎が上京して単身宿屋住まいをしていたころに書かれた「残響」は印象の深い随筆である。作者の詩魂が時空を自由に往来しながら作品に陰翳の濃い彫刻をほどこしていくさまが、まず読むものを引き寄せる。すぐれた文章というものは読者をいっとき魅了するだけでなく、くり返し反芻に耐えて豊かな気持にさせてくれるが、この文章もそうである。読みおえたあとに深い余韻が残り、またもう一度読みたくなる。すると前には見えなかったものが見えてきたり、どこからか新たに作者の呟きが聴こえてきたりする。そうしてさらに内容がふくらんでいくのである。散文の成熟ということが納得される。題名の「残響」というのは次のような意味である。

一日たつぷりと為事をすると、夜家に帰つて静かにしてゐても、なほ残響とも謂ふべきものが鳴りやまない。思想はその日に専ら神を労し、心を動かしたものからなかなか離れ去らうとしない。

杢太郎に限らず、こうした経験はたいてい誰にもあるだろう。ただ彼は、日中の太田正雄から夜は木下杢太郎へと変身するのが日々の習わしである。その切り換えがうまく行くときもあるだろうし、そうでないときもあるだろう。そしてそうでないときの方が多いのである。大正三年彼が皮膚科学教室に在籍していたころの随筆「或る夜のこと」にすでに同様の悩みが記されている。

家に帰つた。洋服を日本の着物に代へ、それから気の落付くまで机の前に座るといふのは一日中最も不愉快な時分である。ともすれば情調の変換乃至鎮静といふ事が成就しないで、思想が混乱し本も読めず文章も書けずして、名状すべからざる不快の感情で就寝前数時間を棒に振ることがある。

予は今も、同時に異つた二つの系統に属する「自己」の破綻を感得しないわけに行かなかつた。それが実際予を常に沈鬱にするのであつて、予はいくらはたらいた後《あと》でも、未だ嘗て、他の人のやうに満足、またはそれに近い感情を味つた事がない。

二つの系統とは医学と文芸であろう。三十歳ころから二十年以上も彼は同じ悩みを抱えて生きてきたにちがいない。年とともに両者のあいだに少しずつ折り合いがついてきていたのかどうか。太田正雄としての仕事が日のあるうちに終らず、木下杢太郎としての夜の時間を侵蝕したりする日は、彼は甚だ機嫌が悪くなったそうである。昭和八年の随筆「秋暑漫筆」にはこう記されている。

今でもなほ時偶文を徴せられることがあるが、日中業房の裡で心を労した宿題が夜に至つても念頭を去らず、気分の転換が容易でない。それで折折は画を作つて安眠を得るたよりとする。文を課せられるよりも画を求められた方が寧ろ楽である。

気分転換のためには絵を描くのがよく、それも鉛筆や水彩絵具より墨のほうが鎮静作用に優るとも書いているから、彼なりにいろいろな方法を試してみたにちがいない。

「残響」に戻ろう。九時を過ぎて幸い残響の動揺から解放された杢太郎はペンを執り紙をひろげる。そしてアナトール・フランスの小説の、田舎からパリのソルボンヌ大学に招聘せられた主人公のベルジュレエ君の境遇が彼の場合とよく似ていたことから、「残響」の主人公を仮りにB君と名付けてちかごろの彼の心境を語らせはじめるのである。三人称になったせいか、その後の叙述はいくぶん軽やかに思われる。B君は頭に白いものが増えた年齢になってやっと東京に戻ってきたのであるが、その当座は会う人ごとからお祝いを言われた。そう言われるときB君はかえってある寂しさを感じた。そしてこの寂しさは何だろうと考えた。B君は妻子を田舎に残し、小さな宿屋にひとり滞在していた。そこから大学に通った。通学、通勤の時間帯は人人人で道路も乗物も混雑した。宿に帰るとラジオがのべつ幕なしに聞こえてきた。彼は乗物を利用せずに通勤でき、ラジオの音の聞こえてこない所に住みたいと願った。すると十年間住みなれた田舎の生活が思い出された。ある日曜日、東京に住む彼の三番目の姉が訪ねてきて、ふと五十年前の話をした。十代のころ勉強がしたくてたまらず、両親に黙って東京へ出奔したという話。東京から帰省した若く美しかったその姉の背に、まだ小学校にも入らぬ彼が負ぶさって海岸へ行ったことが頭に蘇った。姉が帰ったあとB君は、子供のころ片田舎の小港から東京の街がどれくらい眩しく見えたかを思い出しながら、しばし過去の世界を逍遥したのだった。このところ彼の眼差は、白髪のせいばかりでもあるまいが、過去の方へと注がれがちなのである。たとえば彼はこのように記している。

（前略）文芸の作家のうちでも宗祇などといふ老人に最も心が引かれる。昔だつたら実に馬鹿々々しくも思はれたらうこの宗匠の次のやうな句が殊の外に心を動かすのである。

ちるや玉ゆら夕立の雨
雲風もみはてぬ夢とさむる夜に
我かけなれやふくるともし火

これは明応八年（一四九九年）宗祇七十九歳の時の独吟「山何百韻」の最後の句である。なほその前の三句を引くと「つれもなき人に此世をたのまめや」「しぬる薬は恋にえまほし」「蓮葉《はちすば》の上をちきりの限にて」といふがあり、それに上記の三句が続くのである。

洋の東西を問はず、詩人といふものはにくいものである。縦《たと》ひ源氏物語の面影を伝へたにせよ（源氏「総角」の巻に「恋わびて死ぬる薬のゆかしきに雪の山にや跡をけなまし」と云ふがある）、七十九歳の老翁が死ぬる薬を云々すること、世の常のなみではない。蓮葉の事は同じく源氏の「鈴虫」に出てゐる。「蓮葉を同じうてなと契り置きて露のわかるる今日ぞ悲しき。」夕立の雨は蓮葉から起つた聯想であらう。そして突然と「雲風もみはてぬ夢とさむる夜」と有つて、悽然として愁ひ、愴然として歎ぜざるを得ない。雲風は天象を表はす語であるが、ここでは風雲の意も偶してあらう。乱世八十年の生活、顧れば是れ一炊の夢である。荘子の「且有大覚而其大夢也」に当る。そして目の前に見るは何であるか、ふくる夜のともしびである。恰も是れ我姿に似てゐる。煢々孑立形影相弔とは是事であらう。

「山何百韻」から宗祇八十歳の心境が汲みあげられていく。雲風も見果てぬ夢と醒むる夜に、我《わが》かげなれや更くるともし火、の二行のなんという寒々しさ、痛ましさであろうか。恐らくここに見られる老年のあまりの侘びしさに共感したB君は、異郷の地徳島で孤独のうちに没したポルトガルの詩人ムライシュ（モラエスとも呼ばれる）を想起せずにはいられなかったのだ。ムライシュは明治三十二（一八九九）年にポルトガルの在神戸副領事、のち総領事となり大正二（一九一三）年まで勤務した。その間「日本通信」をポルトガルの新聞紙上に発表、日本の紹介につとめた。神戸でヨネと出会い、ともに暮らすが彼女に先立たれたため、職を辞してヨネの故郷徳島へ移住する。そこでヨネの姪のコハルと暮らすが、彼女にも先立たれ、晩年は西洋乞食とさげすまれたりしながら孤独のうちに没した。七十五歳だった。B君こと杢太郎は、昭和十（一九三五）年七月に東京で開かれたムライシュ追悼会にわざわざ仙台から出席している。東京からの帰りの汽車の中でムライシュの本を広げているとき、彼を襲った幻想の数々が散文詩風に綴られたのが「真昼の物のけ」という文章である。いわば「残響」の姉妹篇ともいうべき随筆だが、この時点においては彼の身はまだ仙台にあり、東京は遥かに遠く、その都会への思慕と反発とがない交ぜになって吐き出されたものになっている。

再び「残響」に戻ろう。

此ポルツガルの老詩人は老いて死ぬまで、その心の裡に恋愛の熱火を蔵した。それは始めは生きた人に注がれた。後には唯その追懐のまはりに燃えた。是人の恋はまことに不幸であつた。

若しこの老詩人にしてわが老宗匠宗祇の一生とその作品とを識ることを得たつたならば、必ずやそのうちに己が魂を見出したのであらう。七十九歳で「しぬる薬は恋にえまほし」と詠んだ宗祇、老残を孤独のうちに見つめつづけた宗祇を、ムライシュに引き合わせてやりたい、すれば彼はきっと喜んだであろうとB君は考え、はっとして気がつく。

然しよく考へて見ると、それは人事では無かつたのである。夜の更けたるが如く、B君の齢もくだつた。粗末な長椅子の上に病み横はつてこそはゐないが、夜半眠らずして燈前に形影相弔つてゐること、かの二人の亡霊に似ないこともない。見はてぬ夢はさめこそはしないが、その像は既に極めて淡薄である。

B君が三十代初めで東京の街を去ってからふたたびこの都会に戻ってくるのに、なんと遠い廻り道をしてきたのだったろう。なにもかもが変わりはててしまい、もはやすでに遅くに過ぎてしまったように見える。

かつて森鷗外は「Bは学問の上でもあんなにロマンチックなのかい」と子息に尋ねたということだが、杢太郎という人は自身で言うとおり「すべて今でない時、ここでない処、からでない事に心を引かれる」というロマンチストの特徴を若いときから晩年に至るまで持っていたのはたしかである。そしてその特徴こそが、木下杢太郎という人物を理解するうえで重要なポイントのひとつとなるだろうこともたしかである。

これまでの引用からもわかるように杢太郎の文章には漢語が多く、話し言葉に慣れたいまのわたしたちからすると表現も固苦しく、一見取り付きにくそうに見える。しかしゆっくりと読んでいけば、たいへん味わい深い文章であることが納得できるはずだ。

本書の冒頭でも述べたが、中野重治によれば、森鷗外の文章はすぐれてはいるが一種の到達点でそこから先へは進めない。一方杢太郎の文章は柔かく、人としての親しみが滲み出ている。「人間が何か特別のものではないものとして生きて行く、その心持ちをそのままに表現するのが文章本来のものだとするならば、自分の文章を普通の人間が作り上げて行く上では、杢太郎の文章を学ぶ方が鷗外の文章を手本にするよりはいいのではないかと私は考えるのです」と中野氏は言うのだ。
その中野重治が没して三十六年になる現在、わたしは自分の日本語の貧弱さを棚に上げて言うことになるが、昨今目と耳を覆いたくなるような日本語が堂々と罷り通っているのを見ると、自分が一個の保守主義者になるのも致しかたがないと思わせられる。日本語がこれほど痩せ細り、本来持っていたはずの豊かさも、繊細さも、勁さも、見る影もない状態になり、いったいどこの国の言葉かと疑いたくなるときがある。母国語というのは常に点検し見守っていかなければならない大切な言語なのだということをしっかりと考える必要がある。わたしたちは生まれたときから国語のなかにいる。つまり国語とはわたしたちのよりどころであり、祖国だといいかえることもできる。言葉が時代とともに変化していくのは当然だが、節度も歯止めもないのでは困るのだ。

欧州留学から帰ってのち、杢太郎は一貫して国語国字問題について積極的に発言してきた。大正十四年の名古屋における講演「日本文明の未来」のなかでもそのことに触れており、主張はずっと変わっていない。欧米文明に追いつくために、仮名づかい改定、漢字制限、ローマ字化など、教育の場で日本語をもっと能率のよい実用的なものへと手取早く変えてしまおうとする政府の動きにたいして、彼は異を唱えた。フランス文化を通して西洋古典の精神に触れ、古典を学ぶことの重要性を痛感した杢太郎が自国の伝統についてもこれを守ろうとしたのである。

すでに明治四十年代、森鷗外は文部省の臨時仮名遣調査委員として活動し、文部省の案を徹回させたことがあったが、これに触れて杢太郎はこう記していた。「我国の正しい伝統が文科大学の諸棟梁によつて護られずに、陸軍の代表者からその崩壊が防がれるに至つたことは頗る奇異とすべきに似てゐる」と。ちなみに大正十三年の臨時国語調査会で決定された新仮名遣問題の主催者は国文学者の上田万年であり、日本語の伝統は国文学者によらず、むしろ科学者であり文人であった鷗外や杢太郎によって護られようとしたのだという事実は興味深い。

「古語は不完全である・然し趣が深い」という不思議な長い題名の随筆は、含蓄のある面白いものだ。ここでは、ちょうど杢太郎が留学していたときにフランスで生じた教育問題が引かれている。フランスの議会で中学の教育に古典（ラテン語）を再び必修としようという意見が出されたのに対し、古語（ラテン語）の不完全なることを理由に反対意見が出たのである。その例としてOtiumという、努力と休息という矛盾した二つの意味を持つラテン語がとりあげられた。この言葉の相反する意味が主張の異なる両者によって巧みに議会で応酬される様子には、フランス人のエスプリが感じられ、わが国のそれと較べてわたしにはちょっと羨ましく思われた。古語の不完全なことはラテン語に限らない。漢語もまたそうである。しかしわたしたちの歴史を顧みれば、漢字漢語を含む中国の文明を巧みに取り入れ消化してきたことによってここまで発展してきたのは疑いようがない。わたしたちの先祖は長いあいだ刻苦精励して漢字漢語をわがものとしてきたのである。そしてそこから東洋の人道（ユマニテエ）というものを学んできた。それを、漢字は学習能率が悪いからといって廃し、安易に横文字に置き換えようというのは承服しがたい。そのように李太郎は言う。

「国字国語改良問題に対する管見」という文章のなかで、「言葉といふものは唯現在生きてゐる同志が思想を交換するだけの用に使はれるものでなく、それにも劣らず、必要な過去の人道家との会話の手段である」と李太郎は書き、人間の行為の標準となるものをわたしたちは古典から得ることができるとする。「古典といふものは決して死物ではな」く、「いき物である」とも言い、東西を問わず人類共通の財産であるという。

また別のところでは、その古典の研究にあたっては、「孤立的、排外的であつてはならぬ」とし、東洋と西洋を併せ修得することが必要で、それにより理解が深まると説いている。

李太郎が生きた明治から昭和にかけては、日本が常に外国を相手に戦争をしていた時代であった。日清、日露戦争のあといわゆる十五年戦争と呼ばれる日中戦争、太平洋戦争がつづいた。その間日本は近代化を強く推し進めていくわけだが、そのひとつとして国語国字問題がとりあげられてきたのである。李太郎が発言したのはそんな時代であった。だが日本は戦争に敗れ、それからすでに七十年が経とうとしている。国字は新字・新カナに改められ、漢字制限も進められ、学校教育からは漢文の授業がほぼ無くなり、替って英語が導入された。しかし英語教育が必須となって半世紀以上が経ち、またその授業時間の多さにもかかわらず、ほとんどの日本人は相変わらず英語が苦手なままである。英語は使いこなせないのに、カタカナ語や横文字は日本中に溢れかえっていて、その使われようは野放図とも破廉恥とも言ってよい。が、漢字、漢語を取り入れて成長してきた日本語をしっかり学ぶことは、そのほかの国の言語を修得するうえにおいても大いに助けとなるはずなのだ。書物が読まれなくなり、従って古典にたいする人々の意識も薄くなった。世の中の流れ、と言って済ませてしまってよいのだろうか。わたしには至ってさびしいことに思われる。

杢太郎は大学に、病院に、伝研にとずいぶん多忙であったが、文を求められればあまり断らずに引き受けていたようである。絵を描くのは無条件に好きだったようだが、文を書くのもほぼそうだった気がする。でなければあれだけの著作が残されるはずはない。但し承諾したあとは「一度原稿を引受けると借金したと同じやうなものだ」と後悔し、「猿が胸の毛をむしり取るやうに剝げぬものを剝がさなければならぬ」と慨歎するのが常である。引き受けたものの気が進まず幾度か中断し、催促されてやっと出来たという「研究室裏の空想」は、著者が嫌々書いたわりにはなんというか科学とは縁遠いわたしなどにもたいへん興味をそそられる内容になっている。杢太郎は自分でも認めているようにときおり夢や空想にとらわれて我を忘れてしまうところのある人だった。空想の種子はたとえば仙台にいたときには家の荒れた庭の中に、または芸術の中に得られていた。が、東京に来てからはそれが出来なくなった。「自然、芸術から求め難くなつたものを、僕は今東京に於て、科学の研究室に求めてゐる。そこではまだ人の手垢のつかない素材が有つて、空想をあふり立てる」と書き、この空想を「発生機的感興」と呼んで、「それは詩作の心理と甚だ似通つたもので、研究室の思索は、往々文学を必要としなくなる」とまで言っている。空想は「色素母斑」や「黒色腫」から始まり、やがていちばん熱心に語りだされるのがタバコの「モザイク病」である。つまりそれはウイルスについての話である。タバコのモザイク病に杢太郎が興味を持ったのはこの随筆が書かれる昭和十四、五年よりもずっと前のことで、日記には昭和八年十一月のところにモザイク病について彼の空想が記されている。この病気の初期の研究者としてはロシアのイワノフスキイが有名だが、病原体が濾過性であることを一八八九（明治二十二）年に発表した彼も、それがいかなるものであるかはまだわからなかった。濾過性というのは実験用の特殊な素焼きの陶板を通過してしまうことを指し、ふつう細菌といわれているものはもっと大きいために陶板を通過しない。のちにモザイク病の病原体はウイルスというものであると推定される。やがて一九三五（昭和十）年になってアメリカのスタンレイはこの病原体をプロテインの結晶として取り出すことに成功。しかも結晶となってもその病原性に変動がないとするスタンレイの発表に衝撃を受け、杢太郎は次のように書く。

（前略）それは従来の生物学的観念をひつくりかへすほどの大変革である。宿主（栄養物質、乃至新合成材料の供給者）さへあれば其者が生育する。そして宿主を傷めてそれを病気にする。アンチジエンとしての力も有る。まるで微生物と同じ性質である。それが結晶として取り出されるとなると、今迄の生物といふ概念は全く変つて来なければならぬ。

是れは単細胞生物の増殖とは違ふが、結果に於てはキルスそれ自身の増殖になる。即ち此結果から判断すると、キルスといふものが、殆ど生物に似たやうな生育をするのである。此仮説の当否は別として、兎に角こんな半生半無生の物質が有ると考へたい。その方がheuristischである。

そして段々と杢太郎の空想が始まっていく。ウイルスにも階級があるらしく見えること、一層生物らしい風貌をしたバクテリオファジュ、鶏におけるラウス氏肉腫のウイルス説、そして癌。ウイルス、それはいったいどんなものなのだろう。

一言付け足せば、今ならウイルスは電子顕微鏡で簡単に見ることができる。杢太郎のころはまだ光学顕微鏡の時代で、単細胞生物よりずっと小さいウイルスは見ることができなかった。だが現代においてもウイルスが生物であるか無生物であるかは特定できていないのである。

植物と動物との境が不明瞭であるやうに、今ではまた生物と無生物との境が曖昧になつて来てしまつた。

少くとも生物学はこれから段々と面白くなる。病理学は細胞病理学、体液病理学では足りなくなつて、生活素小体を単位とする病理学となるであらう。

杢太郎の頭のなかで考えが次々に躍動していくのが感じられ、ああなんと面白い世界なのだろうとこちらまでわくわくさせられる。科学の研究においても頭の柔軟さはもとより、感性の豊かさが大切な要素なのだと思い知らされる。彼は「科学と芸術」のなかでこんなふうに言っている。

空想力の弱い人は大きな芸術を創作することが出来ないやうに、科学の新境を開拓することも出来ない。空想力は長く持続しなければならない。人間は醒めてゐる時だけ考へるのではない。

そういえば木下杢太郎は夢想家・ロマンチストであった。彼に倣って言うなら、科学者の要件のひとつはロマンチストであることかもしれない。

昭和十五(一九四〇)年に東大医学部に入学し十八年に繰りあげ卒業した加藤周一によると、古色蒼然とした講堂で太田教授の皮膚科学を聴いたときの様子をこう記している。「講義は声が低く、考えに従って中断され、飛躍し、また突如詳細となり、要するに学生にとっては余りわかりのよいものではなかった。可なり多くの学生が眠っていた。(中略)私に解ったのは、講義の内容ではなく、その内容に対する活潑な興味が、たとえ学生に講義をしている時にも、太田教授のなかに強く動いていて、あまり熱心になるとその言葉が学生の理解力を超えて何処かへ行ってしまうらしいということであった」。初めて加藤氏のこの文章を読んだとき、わたしはまだ杢太郎をそれほどよく知らなかったのだが、学生をおいてけぼりにして空想に耽ってしまう姿がたいへん好もしく思われ、油然として彼への興味が湧いてきたのだった。そしてここにも夢想家・杢太郎がいた。

加藤氏が聴いた講義皮膚科学はその抄が『木下杢太郎全集第二十二巻』に、ほかの厖大な医学関係の資料のなかから選ばれたものとともに収められている。それは抄であっても分厚い巻の過半の頁を占めるものだが、実際には総論、各論(上・中・下)、黴毒篇の五冊から成り、昭和十四、十六年に出たときには謄写版刷りであったという。この『皮膚科学講義』をもとに昭和十二年から十六、七年頃まで東大医学部三年生に対して杢太郎は講義を行った。執筆当時からすると、すでに七十年以上の歳月が経過している。その間に皮膚科学をはじめ医学全般は驚くべき進歩を遂げた。すでに時代に合った医学書がそれぞれの分野で日々新しく書かれていることだろう。かつて杢太郎は学生に教えるにあたって、わかったものとわからないものを非常にはっきりと区別して説明したという。今のところここまではわかっています、しかしそこから先は新たな研究に待たねばならないのです、という杢太郎の言葉を幾人もの人が伝えている。科学というものは多くの熱心な研究者によって新発見がもたらされ、更新され続けていくものだと彼が考えていたことがよくわかる。専門家からみれば杢太郎の『皮膚科学講義』はすでに古く、手に取られる機会もないかもしれない。ただ専門外のわたしが全集に収録されている「抄」のほうではあるが、まったく飽きずに読み通し、ところどころ面白いと感じたことはぜひつけ加えておきたい。その理由のひとつは、文章の正確で簡潔で美しい点によるだろう。もうひとつは病気それぞれが持つ歴史的背景まで調べられ、興味を引くように言及されている点だろう。こうしたところにも杢太郎の人間性がよくあらわれているとわたしは思うのだが。

医学者としての太田正雄の仕事には大きく分けて三つあるという。一つは真菌と真菌症に関する研究、二つはハンセン病の研究、三つは母斑や皮膚腫瘍の研究である。一と二についてはこれまでに少し触れた。三の母斑には彼の名が冠せられた「太田母斑」の発見がある。年輩の方ならこの名に聞き覚えがあるにちがいない。

文章を依頼されても、李太郎は気が乗らないときは書くのが苦痛だとこぼしていた。ところが絵の場合には、ほとんどというか一切と言っていいほど苦痛とは無縁だったようなのだ。頼まれて絵を描くとき、または装釘を思案するとき、彼はいそいそとして愉しげにみえる。五十七歳のときに書かれた「本の装釘」という随筆は、そのような装釘の仕事にまつわる経緯や工夫などが明かされ、読者を心地よい感興へと誘う。

たとえば冒頭に引かれている新村出の『ちぎれ雲』の表紙絵を依頼されたとき、李太郎は仙台の家の庭にある小手鞠の花と、枇杷の葉に実の、二枚の絵を描いて送った。そのとき彼はまだ新しい本の題名を知らなかったのである。新村氏はそのうち枇杷の絵の方を採ったが、贈られてきた本を手にとると表題がちぎれ雲となっていて、これは秋の言葉であった。一方枇杷の実は初夏のものである。李太郎は一瞬しまったと思った。しかし本を開きその序文を読んだときには、李太郎の気持はいくらか落ち着いていた。新村氏は実にこまやかに李太郎の気持を思いやって、自分の思い通りの絵の美しさであったと記したあと、「たゝらの雲に、枇杷の古葉が附いたかのやうに……」と加えていた。これだけではなんのことかわかりにくいが、李太郎にはすぐに見当がついたのであった。即ち猿蓑の、

たゝらの雲のまだ赤き空　去来
一構鞦《しりがい》つくる窗のはな　凡兆
枇杷の古葉に木芽《このめ》もえたつ　史邦

が引かれて季節の不調和がとりつくろわれていることに。『南蛮記』などのキリシタン研究書を始め、「天草本伊曾保物語」といった新村出の著書の愛読者であった杢太郎は氏に敬愛の念を抱いていたはずである。先ず、新村氏の序文は杢太郎を安堵させたであろう。

ほかに小堀杏奴の『回想』にはかつて伊豆の湯ヶ島で写生した渓流の絵を本の表紙用に描き直したものが、与謝野晶子の歌集『心の遠景』の函と本の表紙には名古屋時代にかなめもちとどうだんの葉を写生したものが、小宮豊隆の『黄金虫』には仙台の家の庭のぎぼうしのスケッチが、結城哀草果の歌集『すだま』には万年青の絵がそれぞれ用いられた。日夏耿之介の選集には暗い背景に浮かぶ玄関のベゴニアの葉を描いたものが採用されている。自著『雪櫚集』にはやはり庭のどくだみとちどめぐさの絵があしらわれている。

以上からもわかるように装釘に用いられている絵には植物が多い。それも身近にある草木を丁寧にあるいは大まかに、けれども変な作為を持たずに写生したものばかりである。

それからは天下の草木、どれを見ても表紙の図案に見えぬものは無い。殊におほけたでの紅花のふさふさと垂れるのは頗る食慾をそそるのであつた。道端に有るゆゑ日々目に附く。

　おほけたで今日も盛りと見て過ぐる

ちからしばなどといふ雑草が群り繁るのを見ると、これも図案になる。めひしばのはびこる空地は、その柔らかさ駱駝の毛の織物に優るとも劣らぬ感じである。あれをゆつくりと写したら類のない本の表紙とならう。

或日或処でふと窓の外を窺ふと、秋の暮に近い弱い日が羽目板の裾に当り、禾本科の草の蔭をシルエットのやうに写してゐた。それに濃淡が有り、而も自然の奥行を想像せしめた。是こそ絶好の本の表紙だと思つた。その草はと目を移すと、なほ幾ばくかの穂を止めたえのころぐさであつた。こんなものも見方によると、あんなにも美しい模様になるかなと嘆ぜざるを得なかつた。

自然の植物のなにが、どのように彼の視線を引き寄せ、彼の絵心を煽ったかがよくわかる。そのために彼の五感はたえず新しい美を求めて活発に動いていたといえよう。おおけたで、ちからしば、めひしば、えのころぐさなど、およそ人がとりたてて目に留めたりしない雑草のなかに、杢太郎はふとした表情を認め、それを美しいと感じる。彼のとりあげるひとつひとつがわたしには共感でき、そしてそのためいっそう彼に惹かれるのである。

杢太郎が装釘によく用いたもうひとつの図柄は縞模様である。谷崎潤一郎から『青春物語』の装釘を依頼されたときはなかなかいいアイデアが浮かばず、江戸小紋の布を使うという考えもあったそうだが、結局もうひとつの粋な図柄の縦縞に決まった。これよりずっと前に杢太郎が詩集『食後の唄』を出したとき、装釘の小糸源太郎に頼んで表紙を唐桟模様にしてもらっている。彼のごく初期に「桟留縞」というエキゾチズムの色濃い詩があるが、唐桟というのは桟留の別称でもあり、細番の綿糸を紺、浅葱、赤、茶など縦縞に配色して織った布を指すもので、杢太郎はこの布の配色に愛着があったようである。彼が好もしく思う植物の配色もまたこれに似ていて、「小手鞠、雪柳は、わたくしは夏の花よりも秋の枯葉を好む。お納戸《なんど》、利久、御幸鼠、鶯茶、それにはなほ青柳《あをやぎ》の色も雑つて、或は虫ばみ、或はねぢれたのもあり、斑らに濃い地面の色の上に垂れ流れるのは自らなる絵模様である」と書いているほどだ。ところでこうした彼の美意識を育くんだのは、ひとつにはその環境であったにちがいない。

幼少の頃、郷家では呉服太物の商売をしてゐた。時々東京の店から仕入物の大きな荷物が到着した。わたくしには子供ながら、中形の模様の好悪、唐桟の縞の意気無意気を品評することが出来た。殊にフラネル、綿フラネルの、当時なほイギリス風の趣味を伝へた縞柄には、今の言葉でいふと、異国情調を感じたものであつた。また虹のいろの如く原色を染めまぜた毛糸の束《たば》は不思議な印象を与へたものである。後にパリでオツトマンがかかる色彩諧調によつて幾多の絵を作つてゐるのを看た。昔流行つた無地の面子《めんこ》の淡紫、淡紅の色、また古渡りの器皿の青貝の螺鈿の輝き、その惹起する感情は孰れも相似てゐるが、わたくしは其齎らす情緒の成因を分析する術を知らない。

大学生の頃は、ドイツのエス・フイツシヤアが其発行する文学書に美しい更紗模様の図案を施した。ホフマンスタアルのさう云ふ本を幾冊も買ひ求めたが、皆大震災の時失つてしまつた。さういふものがわたくしの本の表紙の図案に或る影響を与へてゐることは疑が無い。

いま五十七歳になった杢太郎の目に、子供のころに眺めてときめきを感じたのと同じように美しく映るものは、研究室の顕微鏡のなかのカビのあるものであったり、道端や庭に生えている変哲もない植物の姿などであったりする。それらの美しさは自ら美しくあろうとしてそうなったものではない。「食ふか食はれるかの必然がそこに到らしめた結果である。凡て好く生きるものは美しい」と彼は書く。自然界にあるものはほとんどいつもぎりぎりのところで生きていて、その必死さが彼らを輝かせているのだと言うのである。

そして実用の美ということにも彼は触れている。本の装釘に用いられるものであってみれば、絵やほかの様々な工夫は単に美のためではなく、書物の内容を引き立たせる役割を担うという実用を伴っている。そう考えれば、多忙な中から無理矢理時間を割いて装釘の仕事をする言い訳が立つ、とも言うのである。

ところで顕微鏡の中でも庭でもないところで思いがけず杢太郎を驚かせる自然の美がある。夜更けて勉強する彼の机の上に、灯りを求めて飛来する昆虫たちである。彼はそれらの訪問を喜び、ついで小さな生きものたちを観察し、その造形の妙に感心し、あげくはなんとか紙に写し取ろうとせずにはいられない。昭和八年八月二十二日の日記にはスケッチとともにこんなふうな記述がある。

一夜机の上に小さい蛾が止つてゐる。蛾は蛾だが一寸見たところ枯葉が他の枯葉に巻きついたとしか思はれぬ。虫目金で見てもその通りである。翅の上の模様、浮き出したところと、深く引こんだ所とあつて、平面とは見えない。清朝の陶器、徳川末期の小道具などによく有る動物をそのまゝ模する型であり、造物者も亦かかる手を使ふかと感心する。然しこの方が一層真剣であつたらう。

日記の絵と言葉からすると、シャチホコガの一種ではなかったかと思われる。枯葉の擬態は蛾が身を守るためのもので道楽などではないのだが、それにしても生きるためのなんとよく考えられた知恵であるだろう。

このようにして紙に描き溜めた『百花譜』ならぬ「百虫譜」といったものが、杢太郎には遺されているのである。これは『木下杢太郎画集第三巻』に収録されていて全て見ることができる。昭和二年から九年までの仙台でのものが十五枚、ほとんどが和紙に墨で、セミ、セスジツユムシ、カメムシなどからゴキブリまで描かれている。東京でのものは昭和十七年から十九年までの三十三枚で、『百花譜』と同じ枠つき洋罫紙が使われ、虫の名はないが日附とときに識語が入れられている。最初は植物譜と並行して昆虫譜もと意図されたのかもしれないが、目についた昆虫を描くというのでは時期も種類も限られる。彼のように仕事の合い間に描くというのでは植物のほうがずっとやりやすかったろう。東京で作られた昆虫図はクサカゲロウ、ハエ、ガ、バッタ、カマキリなど細密な素描に色が施されており、植物図の場合と同様、清潔な画品ともいうべきものが一枚一枚から感じられる。彼は、たかが虫とは思っていなかったはずである。生きものの不思議、生命の不思議を目のあたりにして驚嘆していると言ったほうが正しいと思う。

昭和十四（一九三九）年一月に、やっと仙台から家族が上京し、同じ西片町十番地はノ八号へ転居する。やがて来る東京大空襲のときにも疎開せず、ここを動かなかった。

杢太郎の日記に医学部学生たちの読書会である「時習会」の文字があらわれるのはこの年の五月からである。彼を中心に最初は七、八人程度だったのが、のちには二十人ほどの学生が集まるようになった。論語のほかプラトン、ジンメル、ニーチェなどが取り上げられたそうだが、医学部の学生相手の読書会としてはいささか風変わりだとはいえるだろう。また春秋には、植物分類学の泰斗といっていい久内清孝も同行してしばしば郊外へ植物採集に出かけたり、会に久内氏を招いて植物採集について話を聴いたりしている。採集したあとは腊葉《さくよう》し、分類して保存する。杢太郎は、植物を愛しその写生を好んだように、採集、腊葉、分類といった自然科学的な分野にも興味を持っていたが、これは、彼が関心を抱いたほかの対象についてもほぼあてはまる。彼にあっては美を美と感じることと、それを科学的に捉えることが矛盾しないのである。『百花譜』についても同じように言えると思う。

最晩年の随筆「すかんぽ」には、こんなふうに記されている。

僕は満洲時代以後植物の腊葉を作る道楽を覚えた。然し決して熱心な蒐集家ではなかつた。唯往年支那を旅行して集めたものは当時理科大学に勤務してゐた大沼宏平さんと云ふ老人に鑑定して貰つた。（中略）

東京に出てからは朝比奈泰彦教授の引合せで久内清孝君を識ることが出来、僕の植物採集は始めてまちやうになりかけ、学生を使嗾して一緒に採集に出かけたりしたが、一つは年齢のゆゑ、後には時勢のゆゑで、折角の楽しみは成育を礙碍せられた。

昭和十五年七月の日記に、「日のうちはひたすら／学問にいそがしく／夜はひとりつらつら物を思ふ。／むづかしい今の世に／まつりごと、あやまりあるなと、／かく思ひ安んぜず、／夜ふけていねむともせぬ。」とあるのは、第二次近衛内閣の成立、大東亜共栄圏建設の声明があったのを受けて、政治に誤りがあると危惧しての思いだろう。まもなく日独伊三国軍事同盟成立、大政翼賛会が発足することになる。

九月の初めには夏の休暇をとり、李太郎は顧頡剛の『古史弁自序』（平岡武夫訳）、孔子、孟子などの書物を携え伊豆の湯ヶ島に一週間ほど滞在した。宿屋で礼儀をわきまえぬ横柄な数人の巡査の検問を受け、口論になったと日記にある。終日渓声のうちに読書をするほかは植物写生、採集、腊葉をして暮らした。久しぶりに緑を浴びて時を過ごす満足が述べられているなかに、東京にいるときの近頃の大きな慰めは「残された雑草の間を、あの草、この草と尋ねながら歩く」ことだと明かされている。

『百花譜』と晩年

晩年の木下杢太郎の最も重要な仕事は『百花譜』だと言ってよいだろう。いや一生を通してみても彼が遺したもっともすぐれた仕事のひとつであるのは間違いない。

『百花譜』とは、杢太郎が昭和十八年三月十日から二十年七月二十七日までの間に描いた植物写生図八百七十二枚を指して言う。没後その全てが発見され、作品のいちばん上の紙に「百花譜」と自筆で記されていたことからこのように呼ばれる。彼の病気が重篤になったため七月二十七日で終っているが、もしも元気であったならあるいは千枚に達したかもしれない。それはわからないのである。この約三か月後即ち日本の全面降伏から二か月後に、彼は長逝したのだから。

没後三十四年にあたる昭和五十四年に『百花譜』は岩波書店から原色原寸の複製画として上下二巻限定千五百部で刊行された。その後澤柳大五郎選による『百花譜百選』(昭和五十八年)、前川誠郎選による『新百花譜百選』(平成十三年)が編纂された。いまは岩波文庫の『新編百花譜百選』を見ることができる。

全八百七十二枚のうちには複数回写生されたものも多く、六百八十九種類の植物が対象となっている。一日に一枚あて描かれたのではなく、多い日には二十枚も写生されたり、また全く写されない日もあった。植物図には日附、名前、採集場所が記されているほか、全てにではないが日記風の識語が書き留められていて、それが大変ユニークである。天候、仕事、友人との交わり、戦局、自身の日に日に重くなっていく病状などについて図譜の隅に短く言葉が添えられているのだ。絵を眺め、識語を読み、もう一度絵に戻ってみると、その植物がさらに生き生きと蘇ってくる気がする。もうひとつ変わっているのはその用紙である。枠つきの洋罫紙で、絵画用のものではない。大きさは縦二〇二ミリ横一六七ミリで、ほとんどが枠からはみ出ないよう植物のその部分を切り捨てて全体のバランスを考えた上で写されている。この形状について前川誠郎は「中国や日本の絵画でいう折枝花《せっしか》、あるいはヒンジで留めた腊葉《さくよう》」を思わせると書いている。枠を額縁のマットのように見立て空間処理も考えながら、ほぼ原寸大の植物が配されているため、一枚一枚が意匠に富んで美しい。これは描き手のセンスがもっとも反映されるところだろう。用紙は意外に薄いもので、わたしが神奈川近代文学館で見せてもらったときには一枚一枚が分けて保存されていたが、それ以前には無造作に重ねられていたのだろう。一部に絵具の染みが滲んでいるのがたいへん残念に思われた。しかし色彩の鮮やかさは損なわれておらず、その美しさに幾度も感嘆した。また図譜には隅に小さく鉛筆で通し番号が振られている。これによって現在の枚数が確認でき、親しい友人に今は何枚になったと書き送れたのだろう。

『百花譜』一枚目はまんさくで、枯れた葉と二つの花のついた上下折りとられた枝が鉛筆と色鉛筆で写生されており、「昭和十八年三月十日、大学池畔に始めてまんさくの花の開けるを見る。

昨夜来気温甚だ低し。寒風袴を透して膚膩に逼る」とある。まんさくも春早く咲きはじめるが、李太郎は、東京の春を告げるのはとさみづき、いぬのふぐり、さんしゅゆの三つだと言っていて、次の二枚目にあたるのがさんしゅゆである。

三月十日から始めた植物写生にかんする記述が日記の中に見られるのは五月九日が最初で、仙台から上京してきた勝本正晃に誘われて栖鳳回顧展に行き、「別れて植物園にゆき、雑草を写生す」とある。久しぶりの小石川植物園でうしはこべ、おどりこそうその他を写生していて、すでにこの日までに四十三枚の図譜が出来ている。

李太郎が『百花譜』をどういうつもりで始めたのかがはっきりしないが、植物を絵にすることは仙台時代からさかんにやっており、装釘に用いた絵も多くは植物を描いたものであった。その後も知人友人に頼まれて色紙などに好んでぼたんやびわといったものを描いている。ただそういう絵と写生図とは彼の中で区別されていて、「画を始める、画く」とある場合は和紙や色紙に墨及び岩絵具で描くことを指すらしく、「写す、写生す」の場合は植物図譜を示している。ということは植物の写生は飽くまで対象に即し、それから離れてはいけない、なにかを足しても引いてもいけない、対象は生命そのものなのだから、と恐らく彼は考えていたのだ。この正確さを科学的であるというなら、そうなのだろう。もともと李太郎はこれまでの植物図鑑にたいして不満を持っており、個々の植物の葉・茎・花弁についてその厚さ・薄さ、硬さ・軟かさ、光沢のあるなしなどがほとんど描き分けられていないから、調べようとしても実用に適さないことが多いと不満をもらしていた。図譜を作るとき、当然このことは彼の頭にあったはずだ。試みに『百花譜』のなかの植物図と自分のよく知っている草なり木なりを見較べてみればたやすく同定できるのに驚く。対象を細部まで正確に写し取る技術は、杢太郎の場合、長年の顕微鏡図の作成によって鍛練されたものであったろう。

九年ほど前に書かれた随筆「春径独語」のなかにこんな文章がある。

一軒の家には必ず一本か二本かの目を怡《たのし》ますに足る植木が有る。そして今やみな芽を吹き出しかけてゐる。それぞれに姿、形が変る。而もその心持は一である。恰も盛夏に童男童女が裸体になつて将に渓流に浴せむとしてゐるかの感が有る。うひうひしく、物おぢげで、且つ元気潑溂である。蘖萌《げつぼう》の譜とか、春蕾の帖とか云ふものを作つて見たいといふ心持を起す。楓は其の種類に依つて芽の形いろいろである。セレスの燭の如く縒《よ》れて鮮紅愛すべきものがある。初めより緑にして其縁《ふち》に紅《べに》をにじましたのがある。又托葉高く挙つて、鬖鬖として流蘇の如く、花の垂れ下るものがある。アカシヤの芽は嫩緑で蕨の如く柔軟である。梨は花開くこと両三分其葉大小相参差《あひしんさ》した。栃《とち》の芽は長刀《なぎなた》の如く、また半ば開きたる介殻の如くである。

だが併し、思ふは易く行ふは難い。萌芽蓓蕾の形を尋ね、其木の名を定むること容易の業ではない。まづまづそんな事には手を出さぬ方が可いと心に決する。

植物がそれ自身持っている美しさを見出すことにおいて、李太郎はまったく並はずれた感覚、能力の持主である。そして彼はその感動を言葉に置き換える力も備えている。絵画を目にするよりずっと絵画的な美しい文章が生まれるのはこのせいだろう。引用した文を読むと、彼の胸には早くから「蘖萌の譜」とか「春蕾の帖」とかいったものを作ってみたいという思いが漠然とあったのである。この気持がのちに『百花譜』という形になってあらわれたのではなかろうか。

植物図譜に着手した昭和十八年とはどのような年であったのだろう。李太郎の日記を開けるとわざわざその年の冒頭に「考察の資に供する為めに日々の心の陰影を記録するものなり」と記されている。このような但し書きは他の年の日記には見出せない。十六年十二月に日本軍は真珠湾を攻撃、対英米に宣戦を布告し太平洋戦争が始まっていた。しかし早くも十七年半ばにはミッドウェー海戦で米軍に敗れ、八月に始まったガダルカナル島の攻防でも年末に撤退が決定される事態になっていた。これらの事実が国民にどの程度知られていたかはわからないが、李太郎は恐らく日本人が初めて体験しつつある戦争の容易ならざる厳しい状況を考えていたと思われる。自己省察を怠らなかった彼にとって、日記はものを考えるときの重要な足がかりであったはずである。若い頃から記録する労を惜しまない人であったから、というより記録することの大切さを彼はよく知っていたから、丹念に日記はつけられてきたのだった。『木下杢太郎日記』全五巻には、明治三十四年（獨逸学協会中学四年）より昭和二十年（没年）までの四十五年間にわたってのものが収録されており、うち欠落しているのは明治四十、四十一年分と関東大震災のときに焼失したといわれる明治四十五年から大正四年までの分で、ほかに大きな欠落はない。遺族の考えに従って杢太郎の日記は全て公開されているが、たとえば永井荷風の『断腸亭日乗』などとは違って、これは公開を前提として書かれたものではないということである。それをわたしは念頭に置いておきたいと思う。

　昭和十七年五月に杢太郎は与謝野晶子の、十一月には北原白秋の訃に接している。白秋のときには求められて追悼文を二つ書いているが、その死に会して初めてしみじみと彼の晩年の作に親しんだことを感慨深げに記していた。与謝野晶子については『百花譜』に、「五月二十九日、午前十一時期に遅れて上野寛永寺に与謝野晶子夫人一周忌に赴く。急に雨ふる。嘉治隆一君と傘を分ちて帰る」と記し、小さな白い花の咲いたかまつか（うしころし）の枝を散華されたはすの花びら形の紙とともに写しとって加え、彼の才能を愛した夫人を偲んでいる。

　染井吉野の花を写した十八年四月十二日には、「わかかつた時分桜の花は美しいと思ひ、そのうちでも染井吉野が尤もあはれ深いと感じた。中春の夕方の気分といふものは名状しがたいものであつた。今年は春が寒くて花がわるいが、今日伝研でつくづくと之を眺めて見ても殆ど感興らしいものが涌かない。心にも亦四季が有る」と記され、もはや多情多恨の時期を疾くに過ぎてしまった人の落ち着きと同時に侘びしさが感じとれる。

五月二日には、「今日は用事があまり多く輻輳したので午食のかへりに息ぬきの為めに此草を摘むで来て写しかけたが果して中止せざるを得なかつた。かばんに入れて来たらもはやしほれてしまつて原形が失はれた」と書かれた一枚には、萎れたきゅうりぐさが写され、同じ日のもう一枚ののぼろぎくの図譜には「為事を沢山持つて夕七時に帰宅　食後直ぐ為事を始めなければならないのに、こんな草の写生までした」と記されている。つまり植物写生は、仕事に忙殺されている李太郎にとって息抜き、休息だったというのである。言い換えるならそれは彼が本来の彼に戻れる秘かな愉楽にほかならなかったといえよう。『新編百花譜百選』の編集をした前川誠郎は、『百花譜』がなぜ作られたのかということについて、「中国の士君子が琴棋書画をめぐって理想とした『自娯《じご》』のための仕事であって必ずしも公開を予想したものではなかったかと思う」と推測している。そのようにも言えるだろう。美しいものにたいしては溺れるようにのめり込む癖のある李太郎は、そこに美しい植物があるからではなく、彼の心にとびこんでくる植物の美しさがあるから紙に写しとらずにはおれなかったのだ……それはなにより愉しいことであったにちがいない。愉しかったから日々続けられたのである。そして当初は自分のために作っていた図譜が次第に数を増していくにつれ、いずれはまとめて本にしたいと考えたとしても不思議はないのだ。

また六月六日の日曜日夜半になって、「金曜日の薄暮農学部の庭に折りたる此枝を好くも見ずして小さき瓶に投げ入れ置きたるを、この夜遅く取り出で、あまり可憐なれば急ぎ写しぬ」と、七変化（ランタナ）という花を彼が写生せずにいられなかったのも頷けるのである。なぜなら彼が紙に写し取っていたのは、その色その形に輝かせている草木が持つ生命そのものだったのだから。

『百花譜』の八百七十二枚を順に見ていくと、最初の五十枚くらいまではデッサンが粗く彩色も大まかなものが多い。それが徐々に密に、丁寧になっていく。全体に言えるのは、植物園その他の外で写生したものよりは、自宅なりに持ち帰ってじっくり写したもののほうに当然ながら完成度の高いものが多い。

まさきの地味な花の一枝は七月五日の帰宅途中に折りとられたが、その夜から杢太郎は胃部の激痛に苦しみ四日間臥床しなければならなかった。胆嚢炎の再発とわかり十日の朝に入院。ようやく五日前のまさきが入院前に慌しく写生されたのだった。胆嚢炎については、すでに昭和八年、十二年にも同様の症状で入院している。杢太郎はがっしりとした体格であったと多くの人が話しているけれども、日記を見ると若いころは頑健でないのを恥じているし、鼻の手術、虫垂炎の手術のほか帯状疱疹、三度にわたる胆嚢炎を経験している。そろそろ五十八歳になろうとする彼は長年顕微鏡を見つづけ、机に向かってきたせいで少し猫背であり、頭髪はほぼ真白だったはずだ。医学部の学生だった加藤周一は当時をよく知るひとりであるが、「私は今でも、想い出す、国民服の流行していた頃、ズボンの先の細くなった古い型の背広を着て、ソフトを眼深に被った、少し猫背の太田教授が、大きな鞄をかかえ、朝の本郷の大学の正門を急ぎ足に入る印象的な姿を。時代を無視したそのダブルの背広と同じように、その頭のなかには時代と無関係な純粋に学問的な観念が渦をまいていたにちがいない。また或る初冬の夕暮、同じ門から、裾の短い黒い外套の襟をたて、両手をポケットにつっこみ、忙しそうに現れたこの反時代的人物が、折りから本郷通りを行進する一団の兵隊には眼もくれず、洋書と漢籍とを売る本屋の飾窓にたちどまり、しばらく眼を走らせたかと思うと、真っすぐに農学部の方へ歩み去った姿。その黒い外套が、葉の落ちた並木の蔭に小さくなり、やがて消えてしまうまで、私はたって見送っていたが、外套の上の大きな頭は片側に並んだ本屋の飾窓の前を通る時だけ、その方へちらりと、殆ど本能的に動く様子で、その他の何ものに対しても振り向くことはなかった。世には書籍愛好家という者がある。木下杢太郎も本を集めることを好んでいたにはちがいないが、ただそれだけのことではなく、時代と彼の精神との超え難い距離が、その時既にはっきりと現れていたのだ。研究室でなければ、本屋の他に興味をひくもののない世界へ詩人は追いつめられていた。しかし、断じて彼自身であることをやめなかったのである」と、昭和二十四（一九四九）年に発表された「木下杢太郎の方法」のなかに記している。研究室や本屋以外にも杢太郎の興味をひくものに植物があったわけだが、そして昭和二十年に入るともはや研究は続けられなくなり、読書と植物写生しかできなくなるのだが、没後数年しかたたないこの時点では『百花譜』の存在は少数の人にしか知られていなかっただろうし、またたとえ植物を加えたとしても杢太郎の関心の向かう方向が時代に反していたのは間違いないといえるだろう。

画友としても親しくしていた仙台の勝本正晃に宛てた昭和十八年九月一日附けの手紙には、「小生七月上旬六年ぶりに胆嚢炎を煩ひ元気まだ恢復いたさず老衰頓に加はり候やうに覚え候近頃はむりニ時間を割き、一日一二枚植物の写生をいたし既に三百枚を越え候」と報告したりしているが、条件さえ整えば日に十枚二十枚と仕上げることもあったのである。なお入院の日のまゝさきの図譜には、昭和二十年になって実の部分が補筆されている。花がやがてどんな実を結んだか、図譜として充実したものにするためこうした補筆はほかにもしばしば行われたのであった。

昭和十九（一九四四）年一月二日の日記に、「今の戦時が求めてゐる所は科学ではなく、科学応用技術の結果である。科学的精神の合理的体系を建築するやうな事はまるで無用と考へられてゐるのである。然しこの精神なくして科学技術のみの発達が期待せられるであらうか、他から原則を輸入することなしに」と杢太郎は書き、また別の日には、「医学研究者に軍の方から希望してくる事は、それを一服すれば疲労を恢復し、又はマラリヤにかゝることを予防するやうな薬を作れといふことである」と憤り、さらに軍が思想問題にまで手を出していることを強く批判している。

四月から五月にかけて杢太郎は東亜医学会に出席するため上海、北京、奉天を旅行する。昭和十六年に日仏交換教授として仏印に出かけフランス語で講義・講演を行い安南の歴史と言語にも関心をもち研究しようとしたその積極的な姿勢は、今回の中国への旅行においても変わらない。四月二十八日の日記に、日本、中国、満洲国、ビルマ、フィリピン、仏印と出席者の言語は違っても「専門の事はお互に理解することが出来た。それよりも重要な事は好く知り合ふことであつた」「お互に知り合ふことが協同作業の基礎で、その点では東亜医学会は満足すべき収穫を納めた。フイリッピン、ビルマ等の出席者とは第三国語の媒介を必要としたが、手段の如何に拘らず互に相知ることには成功し、そしていろいろの分科委員会で相理解する所までにも達した。大戦中にかかる会を催す必要はないと考へる人々も有つたが、今度の会の成功を見て、戦争はなほ続からともこの会は是非休まずに継続させなければならないといふ感想を得た」と彼は記している。学問、芸術の発展のためには国境を越えてまず人間としての互いの理解、共感こそが重要だ、と考える杢太郎はまさにグローバルな視点を持った人物だといえるし、人間の行為の標準となるものはヒユマニスム（但しキリスト教的意味でなく、ヨーロッパ的意味における）であるという彼の信念がここにも見てとれる。

杢太郎は強情なところがあったけれども、偏狭ではなかった。個人の人格と自由を認めたうえで、自分を含め、人間を成長、発展させることを常に考えている人だった。現実を見ることにやぶさかではなかったが、なにより未知なものに憧れる空想家の側面を濃く持っていた。

ところで二十日間に満たない中国旅行のあいだに、杢太郎は多数の植物採集をし、六十枚以上の植物写生を行っている。面白いのは、帰国後小石川植物園に出かけた彼が檉柳《テイリユウ》（御柳《ギヨリユウ》）を見つけ、「北京ニ於テ之ヲ写サントシ客有リテ果サズ　今日宿望ヲ達ス」と図譜の隅に記しているように、かなり打ち込んでこの植物の写生をしていることである。用紙の左上から右下へ斜めに嫋やかな枝を伸ばしている檉柳の針状の葉は柔かい緑で、葉に混じって枝先にいくほど花が増し細い枝にびっしりとついている。杢太郎が写しているのは桃色の小さな丸い蕾のときのもので、これらがいっせいに開花すると枝先が薄い桃色のブラシのように見えるという。識語の上のところに開いた花が小さく二つちゃんと描き添えられている。偶然訪ねた東京都の薬用植物園でわたしは檉柳の実物に接する機会を得たが、あの鱗のような木肌の幹や枝から不似合いな葉と蕾を吹き出させている姿が、名札を見るより先に杢太郎の図譜を思い出させてくれた。『百花譜』のなかでも見事な一枚で、前川誠郎は「出色の画作」と評している。

『百花譜』にまつわる面白いエピソードを和辻哲郎が「太田正雄君の思ひ出」のなかで書きとめている。若い頃から親しかった二人だが、杢太郎の留学や仙台での就職が重なり前ほどたびたび会うことはなくなっていた。しかし杢太郎が東京大学に転任してきてからは、和辻氏が住む同じ西片町に家を探すのを手伝ったりして再び親しく行き来するようになった。やはり仙台から東京に転任してきた児島喜久雄、そして仙台からときどき上京する勝本正晃といっしょに絵を描くからと、杢太郎が近所に住む和辻哲郎を招いたことがあった。そこで和辻氏が驚いたのは、三人が絵を描きながら心の底から楽しそうにしている様子だったという。その後も児島喜久雄と杢太郎が寄っては夢中になって描いているのを幾度か眺め、「日常抑へつけられてゐるだけに、画き出す時には本性がほとばしり出るやうに見えた」と記し、次のような思い出を披露している。

太田君は晩年に植物図譜のやうな形で花の絵をかくことに凝つた。逢ふと花の話をよくした。その熱心に動かされて、私の庭の土佐水木や木藤の花を大学まで運んで研究室へ届けたこともある。戦争が始まつてからであつたと思ふが、ある日曜日に水道橋の能楽堂へ太田君を誘つたことがあつた。廊下のそばの広間で待つてゐると、太田君は風呂敷包みを片脇にかかへてやつて来た。さうして桟敷に入ると直ぐにその包をあけた。それは植物図譜の花の絵で、何百枚かあつた。一々の花の絵が中々美しかつた。能が始まる前にそれを見始めたのであるが、能が始まつても太田君は舞台の方を見ようとせず、花の絵を一枚〳〵めくつてくれる。その熱心さに押されて私も舞台の方を見ずに絵を見つゞけた。たうとう能は見ずにしまつた。能を見てからあとのことにしても好かつた筈であるが、さう出来なかつたところが面白いと思ふ。

昭和十九年三月二十二日　春季皇霊祭　雪霽暖　むめ　と書かれた用紙には、淡い紅の滲む八重の花をつけた梅の枝が写され、傍に「和辻に誘はれて水道橋の能舞台に桜根金太郎の弱法師を看る。桑木博士、細川侯爵、谷川徹三、安井曾太郎等在り」と記されている。これだけを読むと李太郎は和辻哲郎とともに当り前に能を観ていたかのように受けとれるが、実際は三月十八日の白梅を写したうめまでの四百六十二枚の図譜を一枚一枚めくっていたのである。古くからの友人の前でそうせずにはいられなかった李太郎と、最後までつきあった和辻氏の二人の姿がなんとも好もしく思われる。

また『百花譜』の特徴のひとつに救荒植物にかんする記述があげられよう。戦時下食糧事情が日に日に悪くなっていた背景があったから、李太郎の日記にも自然食べものについて書かれることが多くなっている。

四月八日のこまつなの花の写生図のところには、「朝より微雨夕六時半摂氏十四度　染井吉野の中樹僅かに二輪之花を開ける見ゆ　たんぽぽ、あかざ、はこべの芽を種う、育てて食はむが為めなり」とあり、五月二十七日のおにたびらこの写生図には戦況報告のほか、「此花午前に開き夕は萎む。今マデ食ひ試みし数種の雑草中この葉尤もうまし」と記され、庭や道端などによく見かけるこのタンポポに似た植物の蕾、花、綿毛のついた実、そして葉が生き生きと写されている。翌二十八日には病院の医局に久内清孝を招き、医局員十人ほどに「救荒本草」について講演をしてもらい、その後食用植物の見本も採集した。このほか日記には、はこべ、しろよもぎ、いぬびゆ、藜《あかざ》の実、どんぐりなどを食用にしたとあるほか、雑草農園と称するものを自宅の庭に作って、この仕事は仲々楽しいと呟いたりしているのはやはり根っからの植物好きだったといえる。未定稿のなかに「可食之野草」という文章もあり、二十年四月には医局で雑草料理を作ってみんなで食べているし、家でもさかんに食べている。杢太郎が胃を悪くしたのは消化の悪い雑草を食べすぎたせいではないか、と誰かが書いていたのを思い出す。

杢太郎の日記や『百花譜』からわかるのは、戦況が国民にほとんど正しく知らされていなかった事実である。『百花譜』の識語の背景にはどのような現実があったのか、『近代日本総合年表』(第一版、岩波書店)と杢太郎の書いたものを元に駆け足で眺めておきたい。

太平洋戦争開始後半年ほどで日本軍の形成は悪くなり、昭和十八年二月ガダルカナル島撤退のときには戦死者餓死者二万五千人に。五月にはアッツ島で守備隊が玉砕。このニュースを知ったときのことが、五月三十一日西洋苺を写した余白に、「驚悉したり」と記されていることから、いかに思いもかけなかったかが窺える。九月四日上野動物園で猛獣が薬殺されたときのことはちからしばの写生図に書きとめられ、「残暑なほ甚だ厳し。力芝一面に咲く。英軍イタリア南端に上陸。上野動物苑の猛獣を殺し、大阪も之に倣へりといふ」とあり、その数日後イタリア無条件降伏の報に接したと記されている。十月学徒出陣が始まる。昭和十九年一月には東京、名古屋に疎開命令が出され、七月には杢太郎の家でも、疎開する人はみんなした、しない人はいつ死んでもいいと覚悟しているという話をしている。六月サイパン島に米軍が上陸、日本の守備隊三万人は玉砕、住民死者は一万人。さらにマリアナ沖海戦で敗れ、日本海軍は空母、航空機の大半を失う。七月ビルマからインド侵攻をはかったインパール作戦が失敗、作戦を中止するも戦死者三万人、戦傷病者四万五千人にのぼる。東条内閣は総辞職に追いこまれるが、その後もグアム島、テニヤンで守備隊が玉砕。八月には学童疎開が始められる。九月十一日附けの杢太郎の日記には「午后伝研。ほとんど為事なし」と書かれ、二十二日には海軍に入隊する長男正一の壮行会が自宅二階で催され、珍しく彼も座に加わったと記されている。のちに正一は、とっておきの葡萄酒を二本下げて入ってきた父が若い仲間と話し合ってくれたのは自分にとっても貴重な光景だったこと、翌日家を出るときには見送ってくれた父が「怪我をするのはしようがないが病気にだけはなるな。薬もないから」と言ったこと、五か月後にやっと半日の暇を得たときわざわざ伊東まで会いに来てくれた父のことをその死後に懐かしんでいる。十月レイテ沖海戦で日本の作戦失敗、連合艦隊は壊滅。このとき神風特攻隊が出撃している。十一月二十四日マリアナ基地のB29七十機が初めて東京を爆撃。杢太郎の日記にはこののち空襲警報、警戒警報の文字が頻発する。十二月一日附けの日記には、「街の人、食堂の人の顔にいづれも緊張とさびしみの相有り」、十一日には「夜十二時過ぎのサイレン　サイレンの響に類する響は近ごろ甚だ神経をいためる。あの鳴りはじめの音調はいやなものである」と書かれ、十六日には病院の当直の番が始まる。十二月二十五日附けの河野与一及び同夫人に当てた手紙には、「数旬以来病院の方では我々まで当直するやうな制度になり、今日の祝日の午前九時から明日の午前九時まではわたくしの当番でした。一室に在つて五時まで絶えず文献あさりをし、晩食の後病院窓扉の漏燈を見まはり、いま十時寝室に之かうとしてこの手紙を書き出しました。（中略）いつか言つたやうに東洋の道徳は朝に道を聞き夕に死するも可なりといふことを大前提とすると思ひ付き、然らば道とは何ぞやといふ問題に入りましたが、まだ少しも進歩しません。（中略）有便堂で絵の具と紙とハ仕込んであるが絵をかくひまと興味近頃有りません。植物図譜は七百五十枚になりました」と書かれている。「朝に道を聞く、夕に死するも可なり」という句は『論語』のなかにある。常々古典の尊重を口を酸っぱくして唱えた杢太郎であるが、長男正一にも事あるごとに「これは処世の本だ」と『論語』を読むよう勧めたそうである。晩年に向かうにつれ杢太郎のこうした傾向はますます強くなる。昭和二十年五月に新聞紙上に掲載された「東洋の道」には『論語』から先の箴言のほかに「士にして居を憶《ママ》ふ、以て士と為すに足らず」を引用し、敵兵が来たなら学者も書斎を捨てこれと闘うべきだという解釈を示しており、空襲下にあって物を考えるときこれより頼りになるものはないと書いている。しかしそう言いながら同じ文章のなかに、「僕は物を考へるよりも物を味ふ方の素質を余計に持つて生れて来た因果で、用の多い晩などにも、雑草の花、茎などを写生する為めに時を費すことが有る。すると、今時こんな事を為てゐて可いのかと云ふ苦責に心を鞭たれる」とも書き、植物図譜を作りつづけることは死ぬか生きるかの今の時代にそぐわないと思いながらも止められないというのである。そして『百花譜』は、河野与一夫妻にあてた手紙によれば昭和十九年末ですでに七百五十枚に達していた。敗戦が誰の目にも明らかとなるのと並行して杢太郎の病勢も進行していくのだが、そのあと約半年ほどのあいだに残りの百二十二枚の図譜の写生がなされることになる。

昭和二十年一月本土決戦即応態勢確立などが決定されるが、二月十六、七日米軍は艦載機千二百機をもって関東各地を攻撃。二十二日の日記に杢太郎は次のように記している。

自分としては、何か身のまはりが空虚であるやうな気がする。何かもつと確実な処に身をよりかけたい気がする。自分ももう年がよつたから、寄られこそすべく、たよる可きではないと反省する。

政府も軍部もたよりにならないやうな気がする。

夕方くらくなると(けふは大雪)早く家にかへりたくなる。家の方が安全なわけではない。家にかへつてもたよりなく思ふ。

食事する。十分でない。それでも小さい炬燵に入ると心が落付いてくる。家で何か仕事を始めるとやう〳〵心が落付いてくる。

誰が何と云つて力をつけようが、今度の戦争にはもはや勝味はない。やがて敵の本土上陸となつて、国が大敗するのではないかと思ふ。

その時「朝聞道夕死可矣」と心にくりかへす。今の処この言葉より外にたよるものがない。やがて寝床に入らうと考へる。然し寝床が安全な場処でないことが直ぐ心のうへに浮んでくる。

大敗の後に生き長へるのはいやだと思ふ。然し性命の不安が本能的に、むしばの痛みのやうに、時々ちら〳〵と湧き上る。


ここに顔を見せている杢太郎は自らの徒手空拳を嘆く五十九歳のただのひとりの男である。空襲によっていつ生命を落とすかわからない状況に日々曝されつづけるといふのは、また負けるとわかっている戦にずるずると引きずられていくというのは、男女の別なく、年齢の別なく耐え難い恐怖であったはずだ。無力感にいたたまれず「何かもっと確実な処に身をよりかけたい」と思わず願う彼は、先ほどの「東洋の道」で引かれた「士而懐居不足以為士矣」などに見られた勇ましい彼とは違い、ずっとわたしたちに身近な親しい存在だといえる。もともと彼は臆病といっていいほど神経の細い、感受性の強い、嘆きの深い人間だった。この日記にみられる杢太郎は寂しく途方に暮れているように見え、そんな彼がわたしは好きだ。

二月十九日米軍は硫黄島に上陸、三月には守備隊二万三千人が全滅する。三月九日から十日にかけB29が東京を大空襲、二十三万戸焼失、死傷者十二万人。ついで大阪も空襲により十三万戸焼失。三月末、東大医学部は徹退の命あるまでは疎開せずと決まる。四月一日米軍沖縄に上陸、六月二十三日までに守備隊全滅、戦死九万人、一般国民死者十万人にのぼる。四月の杢太郎の日記には、「国民皆死の覚悟を要すと観ず」、「非戦闘員の多きところに、空より爆弾、焼夷弾を落して家を焚き、人を殺すといふことは、昔の通念からいふと、戦時と雖も卑畜の業である」、「外来一人もなく」、「けふも雑草で三度〳〵」とかあるなか、四月二十五日には「……十二時帰宅。そのあと三種の植物を写生す。暁三時に達せり。かく四晩植物写生をつゞけたり。些かよろしからず。あすの晩にてうちきりにせん」と記されているが、一日おいて二十七日には「この夜も植物写生」の文字が見え、あとは例の如くである。毎日多くの人が戦争の犠牲となっているとき、気楽に植物の写生をしている場合ではないと彼は思うのだ。「些かよろしからず……うちきりにせん」というのはそういう自省の念から生まれた言葉だろう。それでも目の前に葉を伸ばし花をつけている草木があると、やはり彼は溺れるように、あるいは憑かれた人のようにそれらを写さずにいられない。夢中になって写生をしているあいだは、結果として戦争を忘れ、死の恐怖から逃れていられただろう。しかしわたしは確信しているが、彼が植物写生を続けたのは、戦争とその恐怖から逃れようとしてではない。東大医学部教授という非常に多忙で煩瑣な日常生活を送らねばならなかったなかで、また苛酷な時代から目を逸らすわけにはいかなかったなかで、ひとつひとつの植物の生命と正面から向きあって行う写生は、彼にとっても全霊を尽してする全く孤独な、それでいて至福の世界への没入であったと言えると思う。杢太郎の全集と日記を読み、『百花譜』の一枚一枚を眺めていけば、それは誰にでも納得されるだろう。澤柳大五郎は「百花譜について」のなかで、「石川淳は曾て鷗外の日記を目して深夜の祈禱だと申しました。わたくしはより一層の適切さで、先生の植物写生を——終生神仏を語らなかつた人の——深夜の祈禱の如きものと申してよいかと存じます（中略）これは太田先生の全部なのです」と言っている。

『百花譜』八百七十二枚全ての同定作業に携わった植物学者前川文夫も指摘しているとおり、図譜を見ていくと昭和十九年の半ばごろから筆勢に変化が生じているのがわかる。いつからとはっきりは言えないけれどもこの年の秋あたりからなんとなく勢いが弱まっている。むろん戦況が厳しさを増し敗戦の予感が勢いを削がせたともいえるであろうが、それよりもわたしには、杢太郎の体の内からなにかの変化が外に現われようとしていたのではないか、つまり胃の中にできた悪性の腫瘍が彼の生命力を秘かに弱めていたのではないかという気がする。

日記には五月二日にラジオがヒトラーの死を報じたとあり、翌三日には杢太郎の遺稿のひとつとなった「森鷗外の文学」にとりかかったことが記されている。ドイツは五月七日に無条件降伏をするが、にもかかわらず日本の政府は戦争を遂行すると表明。五月二十四、五日に東京大空襲。宮城全焼、幸い杢太郎の家は火災を免れたが、東京都区内の大半が焼失する。六月六日本土決戦が採択される。五月下旬ごろから日記には折り折り疲労の文字が見え、はゝこぐさを写生した五月二十一日の図譜にも、「午後伝研。食足らず、甚だ労る」と書かれている。心身の疲れを癒やすものが、彼の場合はとりもなおさず植物の写生であった。「あまりつかれたる故そのあと……写生す」と日記にも見出される。六月五日胃部の激痛のため内科の柿沼教授の診察を受ける。帰り、泰山木の花の一枝を折り取り、翌六日花が十分に開いたところを写生。『百花譜』中八百四十枚目となる図譜たいさんぼくには、「胃痛、褥中に之を写す。花径七寸」とあるが、思うさま開いた白く豊かな花弁と太い花蕊《かずい》が光沢のある部厚い葉とともにゆったりとあらわされていて、痛みを押してよくこれだけしっかり写生できたものと思わされる。六月十日の日記には、「目ざめて胃部に疼痛あり、之をさぐるに鴿卵大の結節を触る。之をおすと痛む。之を摩すると段々と小さくなりつひに消失する。然しまたむく／＼と腫れ出す。（中略）なほ固定せる腫瘍ありや否やを指尖を以て確めんとしたが、判然と決定することが出来なかつた。唯然しこの時から、其事も亦可能であるといふことを思ふやうになつた。少し注意と覚悟とを要するぞと」と自分で触診し、悪性の可能性もあると考えたことが書かれている。十二日はバリウムによる腹部のレントゲン撮影をするが、特に著しい陰翳は見られないと言われる。しかし講義、外来、回診のあとには疲労倦怠が尋常なものではなくなり、十九日から二十七日まで伊東で休養するも、また七月三日から十七日まで入院。入院前日植物園に行き、五種の植物を採集。七月二日きゝょうそうの図譜には「明日入院するをもて久しぶりにて植物園に往く。花を採つて松崎氏に誰何せらる。火を被りし樹木の焦れし幹にMonilia sitophila盛に繁殖す。東京大震災のあとにもかくの如きこと有りしと云ふ」と記され、ここにある松崎氏とは当時植物園の園芸主任だった松崎直枝であり、当然顔見知りの二人は植物についてあれこれ立ち話をしたろう。空襲による火災のあとの樹の幹にはびこっている好食念珠菌が、大震災のあとにも見られたというのは松崎氏から伝えられたものと思われるし、またこのような菌の名前がすぐに出てくるのは杢太郎の若い頃からの真菌研究のゆえであろう。胃部の激しい痛みに苦しみだしてからの写生図には、前半に見られた生動感ある描線、写された植物そのものが発する力強さといったものはいくらか稀薄になっている。しかしそれを埋めるひたむきななにか、杢太郎の生命の滴りともいうべきものが注ぎこまれたことを示す精緻で繊細な美が感じられる。七月十六日の日記に、「坂口、柿沼両氏診。慢性膵炎ならむと云ふ。尤も然るべし。明日退院に決す」とあり、二十四日附けの勝本正晃、伊藤実それぞれに宛てた葉書にも診断どおり、「悪性のものニは無之」と記されているが、果たして杢太郎は自身の病気についてどの程度把握していたのだろう。その痩せかたは普通ではなく、相貌は

「凄然たる」ものになっていたというから、本人だけが気づいていなかったなどということはまずありえない。しかも杢太郎は医学者である。

まだ胃の症状がそれほど酷くなく雑草料理を食べたりしていた四月ごろのことである。大学構内に以前はたくさん生えていたすかんぽが全く見当らなくなっているのにがっかりしていた杢太郎は、偶然農学部の構内にその群れを発見して喜ぶ。摘み取って帰った大半は食べ、一本だけをそのとき写生した。『百花譜』のなかにひめすいばはあるものの、すいば即ちすかんぽの図はこの四月二十九日の一枚だけである。青々とした茎と葉、そして紅みがかった粒々の花穂が丁寧に写されている。「その茎のみづみづしさ、その色のほのぼのしさ、また其花基実の風情を知る人は、誰もこの花を好《この》もしいと思はぬものはあるまい」と三十歳のときに書き、「むかしの仲間」という詩に「四月すかんぽの花のくれなゐ」と歌ったように、彼は、この川縁や田の畔などにありふれた雑草に特別の思いを持っていた。その思いがいくらか私小説の趣きをもって書かれたのが「すかんぽ」という遺稿のひとつとなった随筆である。そこでは伊東で過ごした幼少の頃のすかんぽにまつわる記憶があるふくらみをもって鮮かに語られる。長姉でもある母、義兄でもある父、小説「珊瑚珠の根付」のモデルとした下男、その中心に多感な少年杢太郎がいて、すかんぽの茎を嚙んだときのような懐かしくもあり、酸っぱくもあり、どこかほろ苦くもあるような読後感が得られる。愛すべき小品である。その締めくくりに、すでにひと月前から胃腸を患い、すかんぽを含む雑草食から遠ざかっているると記されている。

ところで杢太郎の日記は七月二十六日のものが最後となる。連日連夜空襲警報のサイレンに脅かされていたが、最後の一行も「夜十時四十七分またサイレン」と記されている。六月下旬から七月にかけ中小都市にたいしてもしきりに焼夷攻撃、交通破壊攻撃が激しくなっていた。

『百花譜』は七月二十七日のやまゆりが八百七十二枚目となり、「胃腸の痙攣疼痛なほ去らず、家居臥療。安田、比留間此花を持ちて来り、後之を写す。運勢たどたどし」とあって、どこかこの重たげに俯いて開くやまゆりの花が病んだ杢太郎その人の姿のようにも感じられる。この一枚を最後に、以後植物図譜は作られなかった。

退院した杢太郎は八月一日に内輪で還暦の祝をしたそうである。定年後は自由に文筆の仕事をしたいと彼は身近な人に話をしていたらしい。そのすぐあと八月六日には広島に、九日には長崎に原子爆弾が投下され、加えてソ連が対日宣戦布告をしたことがわかり、ついに日本政府はポツダム宣言の受諾を決め、十五日の戦争終結の放送となったのは周知の事実であるが、杢太郎はそれより前の七月二十七日を最後にぴたりと口を噤んでしまう。

「この箴黙、あれほど筆まめであり、筆録にあれほど精励であつた人のこの箴黙はわたくしには異様に思はれる」と澤柳大五郎は言っていて、筆もとれないほど衰弱していたというのでなければ、杢太郎は意識して口を閉じたのである。七か月ほどを遡る昭和二十年一月二十五日の日記に彼は、「戦に勝ち抜かなくてはならぬ。然し人力を竭して利ならざるに至ることも有り得る。その時はどうするか。毒箭の譬の如く、過去を怨んではならぬ。国民の連帯責任として国を枕にして討死すべきである。軍人ならぬ一個人が敵の群集に遭遇した場合はどうするか。孔子の門人の子路が孔悝の楼台の下で死んだやうに死ねばよい。／後に残る人は残らう。株《きりかぶ》から新萌が生じよう」と書いていた。この戦争はむろん軍部に責任がある。しかし軍部の暴走を止めることをしなかったわれわれにも連帯責任がある、と言い、またその一か月後の二月二十八日には、「文学も芸術も哲学も余裕が無ければ起らぬ。（中略）然し其材料は目の前に在る。身の内に在る。所謂素材である。素材は体験のうちに蓄積してゐる。之を逃がしてはならぬ。之をみつちりと記憶に止めて置かなくてはならない。他日更に好い歴史が書かれ、更に好い文学が興され、更に好い芸術が作られ、更に好い哲学が建てられる為めの試錬と体験とでめいめいの細胞が活動してゐる。／思ひ煩ふなかれ、唯日々の経験を銘記せよ」と書かれていた。この困難な時代に生きるわれわれの日々の経験を記録していけば、たとえその木は切り倒されようとも、やがて株から新しく芽が生えてこよう、その芽は残された記録を肥料として成長しよう、そのことに期待しようというのである。六月四日には次の詩のようなものが書き留められている。

やけあとの水のほとりに

ぎばうしの葉の生え上る。
地の下の数寸の根は
火によりて命を絶たず。

くすぶりし樫の片枝に
既にまた葉の萌えつのる
太き樹はよしたゞるとも
ひこばえ

八月三十日杢太郎は柿沼内科に再入院する。鶴のように痩せた体をきちんと洋服に包み、入院中に読む本を自分で鞄につめたあとふらつきながらも車に乗りこんだという。病室の父を見舞った長男正一は「父と息子」のなかで次のように記している。

九月になつて休暇をもらつて帰京した。（中略）数日で私は転勤の命令で再び帰らねばならなかつた。医師は今度の病は癌で絶望的である旨告げた。私は父の前に行つた。父は弱々しいが元気のある調子で今月一杯寝てゐれば治ると云つた。十月になつて私は自由の身になつた。

父はひどくやせてしまつた。その口から私に肥つたねといふ言葉は辛く苦いものであつた。死の厳粛な試練は既に始まつてゐた。徐々に来るそれはまともに対処せねばならぬものであつたらう。口をきくことが吃逆を起させるその病状は相当ひどいらしい苦痛を奥深く隠してしまつた。パントポンのあいた間隙に断片的な象徴的な句にして父の口からもれた。パントポンは神経を益々細く働かして色々な想が表はれると云つた。その間に紙片に鉛筆で書いて私に与へた。「顧頡剛の古史弁自序は面白いから読んで見給へ。」そして死の数日前に至つてeuthanasiaといふ言葉が口から漏れた。

夜半絶望的な状態に陥入つて昏睡に入つてからも心臓は強かつた。私は頸動脈が現はれて脈打つのを長い間眺めてゐた。それは仲々止まうとしなかつた。緩くり緩くり然し確かに打つてゐた。やがてそれが終止すると、誰かに話したヴィルヘルムマイスターの様なのを書くんだと云つた言葉が思ひ出されて心を傷ましめた。

肉体の苦痛は長く続き、限界に達していたのだ。自身の口からeuthanasiaという言葉がもれるほどに。年譜によると、昭和二十(一九四五)年十月十五日午前四時二十五分柿沼内科病室にて木下杢太郎こと太田正雄は六十年の生涯を閉じた。その日のうちに病理解剖に附され、胃幽門部に癌を生じ、膵、肝に癌性浸潤が及んでいるのが発見された、とある。七月に慢性膵炎と言われ、尤も然るべし、と杢太郎が判断したのも、解剖所見からしてやむをえなかったかと思われる。だから九月に面会に来た長男正一に今月一杯寝ていれば治ると言ったのだろう。そして親しい野田宇太郎には、ゲーテの『ヴィルヘルム・マイスター』のような長篇を書きたい、題は『木下杢太郎』ということにしたいと打ち明けたりしたのだろう。ある時期杢太郎は自分でも悪性腫瘍を疑い、その覚悟をしていたのは間違いないと思われる。しかし内科のことは内科に任せると決めていたから、いったんは癌の可能性を打ち消したのかもしれない。本当のところはどうだったのだろう。十月に入ってからは危篤状態におちいった。彼が敗戦を知ってから亡くなるまでに二か月あったわけだが、そのことをどう受けとめどう考えていたか、口を噤んでしまったからわからない。ただ敗戦後一か月のころ病室をたずねた正一に、杢太郎は「これは revelation 天啓なのだと何回も言った」ということである。天啓とは、彼の病気についてではなく国が戦争に敗れたことについて言われたものと解するのが妥当だろう。日本は敗れるべくして敗れた。しかし焼け跡の枡からはやがて新しい芽が生じよう……そう杢太郎は言いたかったのだとわたしには思われる。

中野重治は「杢太郎の手紙一通」のなかで、「私は太田正雄死後に太田家へ行った。野田宇太郎は、『自宅で行われた』葬儀の日に私が行ったように書いているが（『灰の季節』）、その日よりあとだったと思う。着るものもなかったので、私は兵隊服で行った」と書いていて、生前じかに杢太郎に会って話を聞きたいと思い、その機会がないわけではなかったのに一度も会わずにきてしまったことを残念がっている。この文章は、たまたま中野氏が入手した杢太郎の一通の手紙について書かれたものだが、校正をしたのにその通りに直っていないことを出版社に抗議する内容のもので、「私は杢太郎が、あまりないことに肚を立てて書いたものと思っている。（中略）それはあの人を、肚の立つのを一生我慢してきた人のように思ってきていたから」だというのである。

肚の立つこと、我慢することは、校正などよりもっと大きく重いものが杢太郎の生涯にはいくつかあったはずだ。なにより職業の選択が自分の自由意思に基づいたものではなかったことからくる後悔が長く尾を引き、彼を苛み、苦しめた。自由意思ではないとはいえ、それを引き受けたのは自分以外の何者でもなかったから、遣るせなさや怒りは自身に向けられるほかなかったろう。そんな彼をいち早く見抜き石川啄木は「此、矛盾に満ちた、常に放たれむとして放たれかねてゐる人の、深い煩悶と苦痛と不安……」と日記に書いたのだろうし、小宮豊隆が「太田の思ひ出」のなかで「ほんとの所太田は、科学と文芸と両方に仕へながら、どつちにも心ゆくばかり仕へる事が出来なかつたのではないか」と推察したのだろう。さらに杢太郎の全集と日記の編集にあたった新田義之の、「杢太郎は生きようとするあらゆる生の領域で制約に出会い、志をとげないまま、普通人としての成功者の道を歩み、皮膚科学界の最高の地位にまで昇りついてしま」った、しかし苦しみながらその制約のなかで創造の自由を追求し、その極まる形として残されたのが『百花譜』である、と記していたのを思い出す。

遺著となった『葱南雑稿』の序文には、木下杢太郎の筆名で文を綴ることすでに四十年。「近時漸く此名を倦厭するに至つた」と記されていた。そして中野重治も最晩年の杢太郎はもはや木下杢太郎というよりは太田正雄というほうがふさわしく思える、「太田正雄という芸術家、学者の時期がはじまつていたのではないか」と追悼文のなかで述べていた。わたしもほぼ同じ思いを持つ。その時期ははじまってはいたが、さらに熟すべきものであったろう。あらためて木下杢太郎の生涯を見わたしたとき、やはり彼は「真個の一頭」にはなりきれず、「両頭の蛇」でありつづけた人のようにわたしには思われる。二つの頭がそれぞれ別の方角を向いているために、その二つに誠実であろうとした彼は常に引き裂かれた状態にあったように想像される。しかし葛藤を背負いつづけ、引き裂かれつづけた人であったからこそ、杢太郎はわたしを引きつけてやまないといえる。彼の作品に接した人々がそこにしばしば感じる寂寥、悲哀、諦念は、このような彼の生き方から生まれたものだ。我慢づよくあった人だからこそよけいに我慢の裏に隠されてきたものが深い影となって落ちている。その影の濃さがまたなんらかの影をひいて生きる人々を魅するのであろう。

あとがき

高い学識と教養、そして豊かな芸術的感性をそなえた医学者であり詩人でもあった木下杢太郎について、いったいわたしなどが書けるだろうかとまず不安になったときに、自分に言いきかせた次のようなことがあった。ひとつは、彼の六十年の生涯よりこちらのほうがいささかなりと長く生きてきた事実である。考えてみれば、彼の過ごした濃密な時間の堆積にくらべわたしの場合の稀薄な時間など問題にならないし、より長く生きたことにかえって恥かしさを覚えもするのだが、そのときはただ単純にそう思ったのである。十年ちかく長く生きたせいでより彼を理解できる部分があると思いたかった。そしてもうひとつは、杢太郎の没した一九四五年の翌年にこちらが生まれているという事実である。戦後に生まれ頭のてっぺんから足の先まで戦後の教育を受けた人間が、明治・大正・昭和という三つの時代にまたがって生き、敗戦のちょうどその年に亡くなった人物に向きあうのも面白いだろうと考えたのである。

これらは屁理屈と言えば言えるものだろう。が次の一点にかんしては理屈では全くない。杢太郎の作品を読みすすむにつれわたしの頭のなかに結ばれていった像は、これまで一般に言われていた偉い人、近寄りがたい人というよりは、存外弱いところのある感傷的な人、悩みの深い人であった。手の届かないような高いところにいる人ではなく、寄り添うことのできる一人のさびしい人間であった。こうしてわたしの杢太郎への傾倒、偏愛がはじまった。

本書の表題を「わたしの木下杢太郎」としたのには以上のようなひとりよがりな経緯があり、一方にわたしの歯ぎしりしたいほどの力不足があって、彼を描いておよそ不充分なものでしかないと承知しているからである。加えて杢太郎は日本語について厳しい意見を持っていた人であったから、「わたくし」ではなく「わたし」と表記することにもためらいがあった。迷った末にふだん用いているそのままにした。またそのほかの表記については、『木下杢太郎全集』はすべて旧字であるが、本書における引用は新字とした。これも彼にとっては不本意なことであろうと思われるが、わたし自身読書のあいだずっと漢和中辞典を手放せなかったので、このようにした。

最後に、評伝を書いてみたらと勧めて下さった講談社の松沢賢二氏、須田美音氏、資料閲覧にご配慮下さった神奈川近代文学館の北村陽子氏、作品が形になるまでに助言と励ましを下さった講談社文芸第一出版部の佐藤とし子氏、嶋田哲也氏、中田雄一氏に深く感謝いたします。

二〇一五年夏

主な参考文献

『木下杢太郎全集』全二十五巻　岩波書店　一九八一〜一九八三年
『木下杢太郎日記』全五巻　岩波書店　一九七九〜一九八〇年
『百花譜』上下巻　岩波書店　一九七九年
『百花譜百選』澤柳大五郎選　岩波書店　一九八三年
『新編百花譜百選』前川誠郎編　岩波文庫　二〇〇七年
『木下杢太郎画集』全四巻　用美社　一九八五〜一九八七年
『木下杢太郎宛知友書簡集』上下巻　岩波書店　一九八四年
『木下杢太郎詩集』日夏耿之介編　アテネ文庫　一九五四年
『木下杢太郎詩集』河盛好蔵選　岩波文庫　一九五二年
『日本詩人全集13　木下杢太郎　山村暮鳥　日夏耿之介』新潮社　一九六八年
高田瑞穂『近代文学の明暗』清水弘文堂書房　一九七一年
野田宇太郎『木下杢太郎の生涯と藝術』平凡社　一九八〇年
澤柳大五郎『木下杢太郎記』小沢書店　一九八七年
新田義之『木下杢太郎』小沢書店　一九八二年
杉山二郎『木下杢太郎　ユマニテの系譜』中公文庫　一九九五年
『中野重治全集』第十九巻、第二十八巻　筑摩書房　一九七八年、一九八〇年
『加藤周一著作集』第五巻、第六巻、第十八巻　平凡社　一九八〇年、一九七八年、二〇一〇年

『太田正雄先生生誕百年記念会文集』　日本医事新報社　一九八六年
『木下杢太郎全集』全月報　岩波書店　一九四八〜一九五一年
「文藝・太田博士追悼号」　河出書房　一九四五年
「芸林間歩」第一号　東京出版　一九四六年
『日夏耿之介全集』第三巻　河出書房新社　一九七五年
『和辻哲郎全集』第三巻、第十七巻　岩波書店　一九六二年、一九六三年
富士川英郎『読書好日』　小沢書店　一九八七年
成田稔『ユマニテの人　木下杢太郎とハンセン病』　日本医事新報社　二〇〇四年
岡井隆『木下杢太郎を読む日』　幻戯書房　二〇一四年
小川正子『小島の春』　角川文庫　一九五六年
『石川啄木日記』　世界評論社　一九四八年、一九四九年
『伊丹万作エッセイ集』　大江健三郎編　ちくま学芸文庫　二〇一〇年
『目でみる木下杢太郎の生涯』　木下杢太郎記念館編　緑星社出版部　一九八一年
『木下杢太郎展』図録　神奈川近代文学館　一九八五年
「杢太郎記念館シリーズ」　杢太郎会編　一九六九〜一九八四年
「杢太郎会シリーズ」　杢太郎会編　一九八五年〜
『近代日本総合年表』　岩波書店　一九六八年

装幀　清岡秀哉
カバー・口絵画　木下杢太郎『百花譜』
県立神奈川近代文学館蔵
写真（P4）　伊東市立木下杢太郎記念館蔵

岩阪恵子（いわさか・けいこ）
1946年、奈良県生まれ。関西学院大学文学部卒。86年『ミモザの林を』で野間文芸新人賞、92年『画家小出楢重の肖像』で平林たい子文学賞、94年『淀川にちかい町から』で芸術選奨文部大臣賞および紫式部文学賞、2000年「雨のち雨？」で川端康成文学賞を受賞。

わたしの木下杢太郎《きのしたもくたろう》

二〇一五年九月九日　第一刷発行

著者――岩阪恵子《いわさかけいこ》

発行者――鈴木 哲

発行所――株式会社講談社
東京都文京区音羽二―一二―二一
郵便番号　一一二―八〇〇一
電話　出版　〇三―五三九五―三五〇四
　　　販売　〇三―五三九五―五八一七
　　　業務　〇三―五三九五―三六一五

印刷所――凸版印刷株式会社

製本所――島田製本株式会社

ISBN978-4-06-219530-0